T

CRISPIN RIV

LESAGE

Turcaret

précédé de

Crispin rival de son maître

INTRODUCTION, NOTES ET DOSSIER PAR NATHALIE RIZZONI

LE LIVRE DE POCHE

Auteur de *Charles-François Pannard et l'esthétique du « petit »* (Oxford, Voltaire Foundation, 1999), docteur en littérature française, Nathalie Rizzoni est ingénieur d'études au Centre d'étude de la langue et de la littérature françaises des XVIIe et XVIIIe siècles du CNRS et de l'Université Paris-Sorbonne.

INTRODUCTION

Le métier de laquais est pénible, je l'avoue, pour un imbécile ; mais il n'a que des charmes pour un garçon d'esprit. Un génie supérieur qui se met en condition ne fait pas son service matériellement comme un nigaud. Il entre dans une maison pour commander plutôt que pour servir. Il commence par étudier son maître. Il se prête à ses défauts, gagne sa confiance, et le mène ensuite par le nez.

Lesage,
Histoire de Gil Blas de Santillane,
Livre premier (1715).

Alain-René Lesage, par Louis Léopold Boilly.

Dès le XVIIIᵉ siècle, Alain-René Lesage a été tenu pour l'un des meilleurs écrivains de son temps : ses romans *Le Diable boiteux* et l'*Histoire de Gil Blas de Santillane* sont des chefs-d'œuvre ; ses pièces *Turcaret* et *Crispin rival de son maître* le classent parmi les meilleurs auteurs de comédies du théâtre français. Ses personnages Crispin et Turcaret ont acquis une notoriété telle, qu'ils ont pris place, après Tartuffe, Harpagon ou Don Juan, parmi les noms communs de notre langue. Depuis trois siècles, Lesage a à peu près constamment gardé un droit de cité dans les anthologies et les manuels scolaires ; des recueils de ses œuvres ont régulièrement fait l'objet de rééditions.

Comme Scarron et Marivaux entre lesquels il se situe chronologiquement, Lesage est un merveilleux polygraphe. Romancier célébré, auteur inscrit au répertoire de la Comédie-Française, il ne faut pas oublier qu'il est aussi, avec d'Orneval et Fuzelier, l'inventeur de l'opéra-comique, genre hybride qui mêle prose et couplets, tient à la fois de l'art lyrique et de la comédie, et que les théâtres de la Foire mèneront à son plein épanouissement dans la première moitié du XVIIIᵉ siècle. *Turcaret* et *Crispin rival de son maître* sont déjà irrigués par cette force débridée, impertinente et inventive, qui caractérisera plus tard la production foraine de Lesage. Production qui n'a pas retenu l'attention de la postérité et reste à découvrir.

Réunir dans un même volume *Crispin rival de son maître* et *Turcaret*, c'est éclairer deux pans différents du talent du dramaturge. D'un côté, avec *Crispin rival de son maître*, une maîtrise aboutie de la grande comédie, ramassée en une forme brève, avec tous ses ingrédients traditionnels : pièges, cascades de péripéties, méprises, quiproquos et dénouement heureux. De l'autre côté, avec *Turcaret*, l'audace d'une écriture dramatique qui délaisse les règles de composition classique et substitue à l'intérêt du déroulement de l'intrigue la force d'une parole agissante, son action s'exerçant non tant sur les personnages eux-mêmes, immuables, que sur le spectateur.

CRISPIN RIVAL DE SON MAÎTRE

Création de la pièce et fortune

Le 15 mars 1707, les Comédiens-Français donnent la première représentation de deux pièces d'Alain-René Lesage, *Don César Ursin*, comédie en prose en cinq actes, et *Crispin rival de son maître*, comédie en prose en un acte. Tirée d'une comédie de Calderón de la Barca, *Don César Ursin* est une pièce d'inspiration espagnole, tout comme l'était la première pièce de Lesage, *Le Point d'honneur,* que les Comédiens-Français avaient créée cinq ans auparavant. *Crispin rival de son maître*, en revanche, est regardé comme la première pièce « française » de l'auteur, même si l'un des fils de son intrigue peut faire penser à *Los Empeños del mentir* de Hurtado de Mendoza.

Le Journal de Verdun de mai 1707 relève qu'il y eut à la Comédie-Française, le jour de la première, « un grand concours de monde » et que la pièce *Don César Ursin* fut sifflée malgré la présence du prince de Conti. La petite pièce en un acte reçut au contraire un accueil favorable du public parisien. Avec *Crispin rival de son maître* et son roman *Le Diable boiteux* paru la même année, Lesage devenait d'un coup un dramaturge et un écrivain célèbre.

Si l'on considère la fortune de *Crispin rival de son maître* sur l'ensemble du XVIIIᵉ siècle, on remarque qu'avec ses 412 représentations, la pièce aura été jouée deux fois plus que *Turcaret*, la pièce suivante de Lesage créée sur la même scène en 1709. Au XIXᵉ siècle, sa popularité s'estompe sensiblement et la désaffection est plus grande encore au XXᵉ siècle, puisque *Crispin rival de son maître* n'aura été joué que 63 fois à la Comédie-Française, sa dernière reprise remontant à... 1966 (voir dans le dossier la carrière de la pièce pour les trois siècles). Il conviendrait certes de nuancer ce survol chronologique en tenant compte des productions de la pièce, s'il y en eut, par d'autres théâtres, mais il s'avère que ni le département des Arts du spectacle de la Bibliothèque nationale de France, ni la Bibliothèque Musée de la Comédie-Française ne disposent de documentation sur la fortune de *Crispin rival de son maître*, alors qu'elle abonde pour *Turcaret*.

L'oubli relatif dans lequel est tombée la petite comédie de Lesage, pourtant considérée par la critique comme une des plus étincelantes pièces en un acte de tous les temps, ne peut s'expliquer que par la désaffection qui a touché d'une manière générale les petites pièces en un acte du répertoire français. Sachant que l'on redécouvre, depuis quelques années à peine, celles de Marivaux — *Arlequin poli par l'amour, Le Dénouement imprévu, L'Ile des esclaves, L'Héritier de village, Le Triomphe de Plutus, L'École des mères, La Méprise, Le Legs...* — on peut penser que ce mouvement ramènera un jour *Crispin rival de son maître* sur nos scènes.

Argument

Valère, jeune aristocrate toujours endetté, confie à son valet Crispin qu'il a des vues sur Angélique, fille d'un riche bourgeois, M. Oronte. Or Angélique doit incessamment épouser un jeune homme de Chartres à qui son père l'a promise. Crispin assure son maître de son aide. Au hasard d'une rencontre avec son vieux camarade La Branche, valet et fripon à ses heures comme lui, Crispin apprend que Damis, le maître de La Branche, est l'époux destiné à Angélique, mais que celui-ci ayant séduit à Chartres une fille de condition à l'insu de son père, les noces à Paris ne pourront pas avoir lieu. La Branche est chargé d'en informer M. Oronte. Profitant du fait que personne n'a jamais vu Damis chez les Oronte, Crispin décide de se faire passer pour lui afin de rafler la dot de 20 000 écus, puis de prendre la fuite avec son camarade et complice. Vêtu en Damis, Crispin se présente chez ses futurs beaux-parents qu'il enchante par ses manières. Menacé à diverses reprises d'être découvert, le stratagème des valets est sur le point d'aboutir quand M. Oronte et M. Orgon, ce dernier arrivé à l'improviste de Chartres, finissent par se rencontrer et mettent au jour la supercherie. D'abord menacés d'être châtiés, Crispin et La Branche parviennent à amadouer leurs accusateurs. « Vous avez de l'esprit, mais il en faut faire un meilleur usage », leur déclare M. Oronte, qui leur offre à chacun une situation.

Une pièce en un acte

Devant la nécessité de soutenir une concurrence toujours plus âpre avec les autres scènes parisiennes — le Théâtre-Italien jusqu'en 1697, puis les théâtres de la Foire à partir de cette date (voir *La Querelle des théâtres* dans le dossier en fin du volume) —, la Comédie-Française avait dû renouer avec la tradition de programmer, à la suite d'une longue pièce (tragédie ou comédie en cinq actes), une « petite pièce » en un acte, propre à satisfaire le désir de nouveauté du public. La comédie de Scarron, *Les Boutades du Capitan Matamore* (1646), aurait été le premier essai dans le genre, mais c'est en fait Molière qui fut le grand « restaurateur » de cette forme, en remettant au goût du jour une structure et des thèmes tirés de la farce ancienne. En ces premières années du XVIIIe siècle, la petite pièce a gagné plus de 80 % des programmations du Théâtre Français[1]. Plus tard, la Maison de Molière se risquera même à des spectacles composés exclusivement de plusieurs petites pièces. En donnant à *Crispin rival de son maître* la dimension d'un acte, Lesage sait quelles sont les exigences de cette forme : la pièce doit être enlevée et divertissante, l'action claire et ramassée.

Deux intrigues rivales

Dans la première des vingt-six scènes de *Crispin rival de son maître* s'ébauche à grand train une intrigue amoureuse dont on croit à l'avance connaître tout le fond. Voulant épouser Angélique, Valère cherche à empêcher son mariage avec Damis et compte sur l'adresse de son valet Crispin pour le seconder. Une fois posée, cependant, l'intrigue fait long feu pour le spectateur, puisqu'elle est, dès la troisième scène, éventée et supplantée par une autre intrigue, qui comporte les mêmes personnages mais dont la donne est toute différente.

---

1. Chiffres tirés de l'étude d'Henri Lagrave, *Le Théâtre et le public à Paris de 1715 à 1750*.

Dans l'intrigue concurrente, le héros n'est plus Valère, mais Crispin, qui a pour dessein de se faire passer pour Damis et, le mariage célébré, de faire main basse sur la dot avec laquelle il prendra le large à l'étranger. Crispin associe La Branche à ce projet. Pour que cette intrigue aboutisse, Crispin fait croire à Valère que toutes ses manigances chez les Oronte ont pour but de le servir dans ses amours avec Angélique.

Laquelle de ces deux intrigues Lesage mènera-t-il à bon port et quelles sont ses visées en faisant ce choix dramaturgique ? Le dénouement de la comédie veut que les fripons soient démasqués et que Valère épouse Angélique. La morale est sauve. Mais quelle morale ? Lesage dépeint Valère comme un libertin sans le sou, à l'occasion entretenu par une marquise, peu ému des malversations au jeu de son valet, du moment qu'il peut lui soutirer de l'argent. Valère ne convoite pas Angélique mais sa dot et sans doute l'héritage à venir. Tout compte fait, le prétendu amoureux est un imposteur qui feint une passion à laquelle Angélique est trop ingénue pour ne pas croire. C'est dire que les manœuvres du maître ne sont pas plus honnêtes que celles du valet. Et pourtant il épousera, lui, la jeune bourgeoise et raflera la mise, tandis que Crispin échappera de justesse au châtiment quand sa friponnerie sera dévoilée.

L'Art du rebond

La pièce s'articule autour de trois scènes majeures, sensiblement plus longues que la moyenne en nombre de répliques : la scène d'ouverture, où sont posées les bases de l'intrigue amoureuse ; la troisième scène, où Crispin et La Branche fomentent leur « beau coup » ; enfin la scène dernière, et le retour à l'ordre qu'elle amène.

De la scène 4 à la scène 8, le spectateur assiste avec un surplomb réjouissant aux développements obligés de la comédie type des amours contrariées, fondée sur un obstacle qu'il sait être caduc. Le tempo est lent, comme pour ménager un plus grand contraste avec le rythme effréné qui s'ensuivra. Car à partir de la scène 9 et jusqu'à la fin, l'action bondira de péripétie en péripétie, soutenue par une structure répétitive, chaque séquence alliant une alerte et un rétablissement.

Scène 10, l'alerte est donnée avec l'évocation du procès dont Crispin ignore tout ; le rétablissement nous vaut une des plus fortes répliques de la pièce : « Mais la justice est une si belle chose, qu'on ne saurait trop l'acheter. »

Scène 14, M. Oronte croit confondre La Branche en lui déclarant que la supercherie est découverte : La Branche part dans un grand éclat de rire pour se ressaisir et se donner le temps d'inventer une parade ; son hilarité décontenance l'accusateur et redonne l'avantage au valet.

Scène 17, Valère, stupéfait, reconnaît Crispin dans les habits de Damis qui aussitôt détourne l'explication redoutée au moyen d'une attaque verbale virulente ; quelques répliques plus loin, c'est La Branche qui effectue un rétablissement en inventant les raisons pour lesquelles il ne faut pas croire que Damis est marié.

Scène 18, M. Orgon, père de Damis, surgit devant La Branche ; Crispin se désole : « il va entrer chez Monsieur Oronte et tout va se découvrir », mais La Branche joue une fois de plus de son talent et convainc Orgon de s'éloigner du logis.

La dernière alerte, toutefois, sera fatale aux deux compères : scène 26, alors que Valère dénonce « le plus noir de tous les artifices », Crispin tente, mais en vain, un ultime rétablissement en rappelant qu'il

a emprunté l'identité de Damis pour « dégoûter »
M. et Mme Oronte de leur futur gendre par son « air
ridicule », mensonge qui ne trompe plus personne.

De l'une à l'autre de ces six séquences, Crispin et
La Branche nous émerveillent, tout à la fois volti-
geurs et funambules, toujours au bord du gouffre et
comme enivrés par le plaisir de leur performance.
Leur capitulation coïncide avec leur mise à terre : ils
se mettent à genoux devant M. Oronte pour implo-
rer sa clémence. L'ultime rebond de la comédie
— les complaisances de M. Oronte dont ils vont
bénéficier — ne sera pas le fruit de leurs manigances :
l'initiative fait retour dans le camp des maîtres. Mais
là encore, quelle morale est à l'œuvre ? « Pour vous
rendre honnêtes gens, je veux vous mettre dans les
affaires », décide le bon bourgeois Oronte en s'adressant aux deux truands.

« Je vous sers comme vous me payez »

Située dans la première scène de la comédie, cette
réplique de Crispin qui revendique l'application de
la loi du talion donne le ton de la relation inédite ins-
taurée par Lesage entre le valet et son maître. Alors
que, d'entrée de jeu, le maître se répand en insultes
creuses tout en se posant en victime (« Ah, te voilà
bourreau »), le valet lui enjoint de retrouver son
calme avec une politesse froide puis prend l'initiative
du dialogue : « De quoi vous plaignez-vous ? » Impé-
rieux autant que désinvolte, le ton a de quoi surprendre, comme encore à la scène 17 : « Que diable
venez-vous faire ici ? Ne vous ai-je pas défendu
d'approcher de la maison de Monsieur Oronte ? » ;
et plus loin : « Retirez-vous, et ne paraissez point ici
d'aujourd'hui », « Allez-vous-en vous dis-je », tandis
qu'une didascalie précise « en le repoussant ». Ce
n'est plus désormais le maître qui ordonne, mais le

valet qui, de surcroît, n'hésite pas à bousculer son maître physiquement.

Ce qui ne surprend pas moins, c'est l'absence de réaction du maître, face à cette transgression des règles et des usages qui fondent l'ordre social. « Est-ce ainsi qu'un valet doit servir ? » — « *Je* vous sers comme *vous* me payez » : la réplique foudroyante de Crispin pose comme base de la relation une équivalence de statut entre les deux « contractants ». Cette abolition de la hiérarchie se confirme dans la phrase qui suit : « Il me semble que l'un n'a pas plus de sujet de se plaindre que l'autre. » Le même postulat de parité, dont il découle que « l'un » égale « l'autre », était déjà implicite dès la deuxième phrase prononcée par Crispin : « Laissons là je vous prie *nos* qualités. » Le valet, toujours dans la première scène, revendique le droit de s'appartenir à lui-même : « Je viens de travailler à *ma* fortune », « avec un chevalier de *mes* amis », alors que son maître ne peut se passer de lui : « J'ai besoin de ton industrie. »

On remarque encore que si Valère ignore tout des affaires de Crispin (« Je voudrais bien savoir d'où tu peux venir »), Crispin est parfaitement au fait de celles de son maître. Et cette connaissance le met en position de surplomb. L'esprit de Crispin est vif : en peu de mots, il perce les motivations réelles de son maître — l'appât du gain — quand celui-ci lui annonce qu'il est « devenu amoureux » d'Angélique.

Par son ironie diffuse, Crispin ne cache pas le peu d'estime qu'il a pour un maître qu'il ira jusqu'à qualifier de « plaisant gueux ». Partant de là, on ne s'étonnera pas de l'aisance avec laquelle le serviteur entreprend de se substituer au maître, quittant simplement, comme une peau qui ne lui convient plus, son costume de Crispin, reconnaissable entre tous, pour les habits de Damis. « Justement, tu es à peu près de sa taille », lui dit La Branche, ce qui peut s'entendre au sens figuré comme au sens littéral.

Il est remarquable que les contemporains de Lesage aient pu voir dans cette comédie une pièce dont « le sujet n'est pas d'une grande invention » ! Comme s'ils avaient voulu se dissimuler l'énormité de cette fable où un valet, parce qu'il s'est glissé dans la peau d'un bourgeois (et se serait volontiers glissé dans le lit nuptial de la fille de celui-ci), est devenu, le temps d'une intrigue, *le rival de son maître*.

TURCARET

Genèse de la pièce et fortune

Fort du succès de *Crispin rival de son maître*, Lesage soumet aux Comédiens-Français, dans les mois qui suivent, une nouvelle pièce en un acte, intitulée *Les Étrennes*. Objectant une impossibilité (réelle ou non ?) de programmer des œuvres courtes pendant la saison qui s'étend de la Saint-Martin à Pâques, les Comédiens-Français refusent *Les Étrennes*. Lesage aurait pu renoncer à son projet. Il s'y tient au contraire, et transforme sa petite pièce en une comédie en cinq actes, *Turcaret*, qui est cette fois acceptée. Mais la création est continuellement retardée, sans motif apparent. Le bruit court alors que ce sont les financiers, les gens d'affaires qui, alertés par les rumeurs que des lectures de la pièce avaient produites, fomentent une cabale parmi les actrices pour que la pièce ne voie pas le jour. On dit même que la somme énorme de 100 000 livres aurait été proposée à Lesage pour qu'il retire sa comédie. Il ne faut pas moins d'un ordre du Dauphin, fils de Louis XIV, en date du 13 octobre 1708, pour que *Turcaret* soit enfin créé :

« Monseigneur, étant informé que les Comédiens du Roi font difficulté de jouer une petite pièce intitulée *Turcaret ou le financier,* ordonne auxdits Comédiens de l'apprendre, et de la jouer incessamment[1]. »

La première représentation a lieu le 14 février 1709. Malgré un succès incontestable, la pièce n'est jouée que sept fois[2]. La cabale a eu raison de Lesage. Il faudra attendre 1730 pour que la pièce soit reprise à la Comédie-Française, vraisemblablement grâce à l'action de Montmeny, le fils aîné de l'auteur, qui avait été reçu sociétaire dans la troupe deux ans auparavant. À ce jour, *Turcaret* a été donné 522 fois dans la Maison de Molière — dernière reprise en date, 1987[3]. De nombreux autres théâtres, à Paris comme en province, ont programmé *Turcaret* au cours des dernières décennies, notamment le Théâtre National Populaire (Jean Vilar), le Théâtre de l'Est Parisien (Guy Rétoré), le Théâtre de la Ville, le Théâtre du Vieux Colombier, la Comédie de l'Ouest, le Théâtre de Bourgogne. La télévision, en 1968, en présente une adaptation. Ces reprises, éclatées dans l'espace et dans le temps, sont bien la preuve, s'il en fallait une, que la pièce de Lesage, outre son mérite propre, n'est pas sans résonances avec l'actualité de notre époque si riche, elle aussi, en « affaires »...

---

1. *Histoire du théâtre français depuis son origine jusqu'à présent* [Frères Parfaict], Paris, Le Mercier/Saillant, 1749, t. 15, p. 4.   2. Les sept représentations attirent 4989 spectateurs, soit une moyenne de 712 spectateurs par représentation, un chiffre plus qu'honorable quand on sait qu'une comédie au Théâtre Français à cette époque attire en moyenne entre 300 et 320 spectateurs.   3. Voir dans le Dossier la carrière de la pièce pour les trois siècles.

TURCARET.

COMEDIE.

Par Monsieur LE SAGE.

Le prix est de vingt sols.

A PARIS,

Chez PIERRE RIBOU, sur le Quay
des Augustins, à la Descente du Pont
Neuf, à l'Image S. Loüis.

M. DCC. IX.

Avec Approbation, & Privilege du Roy.

Oūtline

Argument de la pièce

Acte I : Marine reproche à sa maîtresse la Baronne
de ne pas savoir conserver les présents que lui offre
tous les jours le riche Turcaret, financier qui lui a
promis le mariage, et d'en faire profiter un jeune chevalier joueur, toujours endetté, dont elle s'est enti-
chée, qui de surcroît ne l'aime pas. Frontin, le valet
du Chevalier, arrive justement pour extirper une fois
de plus de l'argent à la Baronne, au grand dam de
Marine. Une nouvelle libéralité de M. Turcaret vient
heureusement rétablir les finances de la Baronne.
Révoltée par la faiblesse de sa maîtresse à l'égard du
Chevalier, Marine donne son congé : « Je ne veux pas
que l'on dise dans le monde que je suis infructueusement complice de la ruine d'un financier. »

Acte II : Turcaret, à qui Marine a rapporté l'infi-
délité de sa maîtresse et ses projets de le ruiner, se
précipite chez la Baronne pour la confondre :
« [Marine] m'a dit que vous et Monsieur le Chevalier, vous me regardiez comme votre vache à lait. »
Habile, la Baronne parvient à retourner la situation ;
honteux, confus, étouffant « d'amour et de joie »,
Turcaret repart en promettant de nouveaux présents
à la Baronne qui le persuade de prendre Frontin à
son service.

Acte III : Le Marquis, ami libertin du Chevalier,
s'étonne de trouver la Baronne en conversation avec
Turcaret, qu'il connaît pour être un usurier, coureur
de femmes et ancien laquais de son grand-père. La
Baronne reste indifférente à ces révélations : « Quand
cela serait vrai : le beau reproche ! il y a si longtemps ! cela est prescrit. » Elle se retire pour laisser
Turcaret en affaires avec M. Rafle, son commis.
Frontin et sa promise Lisette, qu'il a placée chez
la Baronne, manœuvrent le financier pour le

convaincre d'augmenter ses prodigalités envers sa maîtresse.

Acte IV : Le Marquis et le Chevalier finissent par se croiser. Le Marquis raconte à son ami sa dernière conquête : une comtesse de province qu'il souhaite lui présenter. Le Chevalier les invite à souper le soir même chez la Baronne, souper auquel il a également, non sans impudence, invité Turcaret. Lequel Turcaret arrive à point nommé pour se faire encore soutirer de l'argent, cette fois par un prétendu M. Furet, agissant pour le compte de la Baronne, sur l'initiative de Frontin. Turcaret sort ; une marchande de mode, Mme Jacob, est annoncée. Tout en faisant l'article, elle révèle à la Baronne qu'elle est la sœur de M. Turcaret, que celui-ci est marié et a abandonné son foyer en province pour mener une vie dissolue à Paris. « Si je connaissais sa maîtresse j'irais lui conseiller de le piller, de le manger, de le ronger, de l'abîmer. »

Acte V : Le Marquis est de retour avec sa conquête. La Baronne reconnaît en elle la comtesse de province que son Chevalier avait dit lui avoir sacrifiée le matin même. Survient le Chevalier, stupéfait : sa conquête est aussi celle du Marquis. Et Mme Jacob reconnaît en ladite comtesse sa belle-sœur, Mme Turcaret. Il ne manque plus que Turcaret lui-même. À peine a-t-il le temps de prendre la mesure du désastre qu'il est appelé pour une affaire d'importance. Un instant plus tard, Frontin annonce que Turcaret est aux mains de la justice pour complicité dans une banqueroute frauduleuse. Il prétend s'être trouvé chez le financier, avoir été fouillé par les agents de la force publique et dépouillé à la fois de l'argent que lui avait confié le Chevalier et de celui que Turcaret destinait à la Baronne. Tous se désespèrent, pour des raisons différentes. La Baronne comprend que le Chevalier l'a dupée et rompt avec lui. Le Chevalier donne son congé à Frontin qui, en

réalité, n'a point été fouillé : l'argent est resté dans
sa poche. Il propose à Lisette de l'épouser. « Voilà le
règne de Monsieur Turcaret fini ; le mien va commencer. »

Un réalisme social ?

Marquée par un ancrage spatial très fort dans
Paris, ainsi que par un ancrage temporel dans les premières années du XVIIIe siècle hantées par la guerre
de Succession d'Espagne, la pièce passe pour être un
tableau fidèle de la société de son temps. On y
observe la porosité croissante des classes sociales :
aristocrates désargentés et riches bourgeois se mêlent
pour partager les mêmes distractions, tandis que
leurs valets songent à quitter la domesticité pour
« s'établir ». L'ascension sociale est représentée sous
trois formes différentes dans la comédie de Lesage :
« en action », avec la métamorphose du valet Flamand en « Monsieur Flamand » ; rétroactivement, à
travers les récits par le Marquis et par Flamand des
débuts de Turcaret ; par anticipation, dans la dernière réplique de Frontin. À partir des portraits cro-
qués à l'encre noire de la Baronne, du Chevalier et
du Marquis d'une part, de Turcaret, de son épouse
et de sa sœur d'autre part, l'auteur dépeint aussi les
mœurs de son temps : familles éclatées, amours inté-
ressées, frénésie au jeu, excès dans les plaisirs. Sous
la poussée incoercible de l'argent, l'homme perd ses
repères et aliène ses sentiments. L'ironie mordante
de Lesage n'est pas sans préfigurer celle du peintre
et graveur anglais William Hogarth.

En ce début de siècle, les fermiers généraux, appelés également « financiers », « traitants » ou « partisans », sont la cible de pamphlets d'une virulence
extrême dénonçant les immenses fortunes qu'ils ont
bâties sur le dos du peuple. En plaçant l'un d'eux à

l'origine de l'énorme flux d'argent qui s'écoule dans *Turcaret*, Lesage n'est pas loin de composer une pièce de circonstance. Ses contemporains n'ont-ils pas cru reconnaître, sous les traits de Turcaret, les Poisson de Bourvallais et les de La Noue que la *vox populi* vouait aux gémonies ? Partant de cette inscription de la pièce dans le réel, on peut s'étonner de deux invraisemblances majeures qui apportent une discordance au tableau.

La première est l'absence, dans la pièce, de toute évocation de l'état de misère dans lequel les fermiers généraux laissent les petites gens qu'ils ponctionnent sans relâche en collectant des impôts toujours plus lourds dont une partie reste dans leur escarcelle. Or tout se passe, dans la scène où Turcaret traite ses affaires avec son âme damnée M. Rafle (III, 7), comme si le financier ne s'enrichissait que sur le dos des riches : un fils de famille, le Marquis, un collègue collecteur d'impôts, la Compagnie des fermiers généraux elle-même. Lesage a-t-il voulu éviter de faire basculer sa comédie dans le drame ? Ou a-t-il fait en sorte que *Turcaret* ne devienne pas un brûlot politique ?

L'autre invraisemblance porte sur l'ascension fulgurante de Turcaret qui, en peu d'années, serait passé de l'état de domestique à celui d'opulent fermier général. Il est vrai que les pamphlets de l'époque donnent le récit de trajectoires similaires[1]. Or une telle promotion sociale serait un mythe[2]. Les fermiers généraux étaient plutôt issus de milieux aguerris à la finance, de familles riches et souvent

---

1. Mentionnons *L'École publique des finances, ou l'Art de voler sans ailes* (probablement 1706, réédition 1708), *Les Partisans démasqués* (1707), *Les Bons tours de la Maltôte* (probablement 1707), *Pluton maltôtier* (1708). Les quatre ouvrages, anonymes, sont publiés à Cologne, « chez Adrien l'Enclume, gendre de Pierre Marteau »... **2.** Voir les travaux de Daniel Dessert cités dans notre bibliographie.

nobles, ou tout au moins de notables. Pourquoi
Lesage cautionne-t-il alors cette représentation de
l'imaginaire collectif ? Serait-ce pour faire rire aux
dépens de l'homme du peuple qui aurait prétendu
s'extraire de sa condition et se rendrait grotesque par
ses vaines prétentions ? On peut en douter, d'autant
que Lesage, étrangement, a fait de Turcaret un personnage à bien des égards moins odieux que
pitoyable. Serait-ce alors que l'auteur se serait auto-
risé, le temps d'une fiction dramatique, à faire basculer la réalité dans la fiction merveilleuse du conte
et à représenter, pour ainsi dire, l'irreprésentable : le
valet devenu plus puissant que le prince ?

Approche dramaturgique

À l'instar du diamant offert par Turcaret à la
Baronne, dont il sera question à diverses reprises
dans la pièce, la comédie de Lesage brille de mille
feux : à la fois dure et cristalline, taillée avec art et
dotée d'un pouvoir de réfraction et de dispersion
particulièrement élevé. Un brillant compte cin-
quante-huit facettes. Combien la comédie de Lesage
en compte-t-elle ? On serait bien en peine de le dire
tant les effets de miroir se multiplient dans cette
œuvre polygonale où l'auteur joue constamment,
avec virtuosité et humour, de la répétition et de la
variation, de la chose et de son reflet. Duos, duels,
réciprocité imprègnent la pièce depuis sa configura-
tion générale jusque dans son tissu textuel. Ce façon-
nage s'observe d'abord dans l'agencement des personnages qui peuvent être aisément appariés à partir
de traits à la fois communs et opposés. Se dessinent
ainsi les polarités Marine / Lisette ; Frontin /
Flamand ; le Chevalier / le Marquis ; la Baronne /
Mme Turcaret ; M. Rafle / M. Furet ; reste M. Turcaret, isolé — et c'est bien là le lot du financier dans

la fable —, auquel on pourrait néanmoins relier Mme Jacob, sa sœur, la seule qui envisagera de lui porter secours au moment de sa chute.

Considérons le quatuor des serviteurs : Marine et Lisette ont en commun leur fonction de suivante auprès de la Baronne. Mais Marine œuvre pour sa maîtresse, Lisette pour le compte du Chevalier et contre sa maîtresse ; Marine déteste Frontin, Lisette l'aime ; le Chevalier déteste Marine mais ferait bien la cour à Lisette. C'est dire qu'au moment où Marine disparaît, Lisette surgit comme son double décalé, voire inversé. Flamand et Frontin sont les doubles masculins de Marine et Lisette. Flamand agit pour le compte de Turcaret ; Frontin pour celui de son rival, le Chevalier ; Flamand a un langage fruste, Frontin joue à merveille des expressions à double fond ; mais tous deux doivent leur première promotion à la Baronne.

Au quatuor des suivantes et des valets répond celui des aristocrates, réels ou prétendus : le Chevalier et le Marquis d'une part ; la Baronne et Mme Turcaret, « comtesse de province », d'autre part. Pour le Chevalier, l'amour doit être source de profit ; pour le Marquis, il doit distraire ; le premier s'active à plumer Turcaret, le second attend passivement l'héritage de sa tante ; le Chevalier est joueur, le Marquis viveur. Tous deux sont libertins et se sont vu gratifier chacun de son côté du portrait d'une comtesse de province.

Si la Baronne est d'une noblesse douteuse, Mme Turcaret est une bourgeoise qui feint d'être femme de condition. L'une et l'autre n'ont en tête que des préoccupations de haut rang : bals, toilettes et affaires de cœur. La première est la maîtresse choyée de Turcaret, la seconde son épouse éconduite. La Baronne est fine et ironique ; Mme Turcaret confine au grotesque.

En retrait par rapport à ces personnages principaux, Rafle et Furet se caractérisent tous deux par un nom évocateur de leur fonction dans un monde d'affaires véreuses. Ils usent d'un vocabulaire spécialisé, qui dans les finances, qui dans la justice. Voilà la ressemblance. L'un agit en plumant l'univers pour le compte de Turcaret, l'autre plume Turcaret pour le compte de la Baronne. Voilà la différence.

Cette construction systématique selon le principe du binôme donne son rythme à la pièce, instaure un mouvement perpétuel de va-et-vient entre les traits saillants d'un personnage et ceux de son « double ». Ce jeu de confluences et d'écarts favorise des effets comiques de répétition. Il arrive aussi que les paires « primordiales » se transforment : Marine et Flamand sont mis chacun à sa manière « hors jeu », tandis que Lisette et Frontin viennent occuper le cœur de l'action ; le couple de la Baronne et du Chevalier se défait entre le début et la fin de la pièce alors que celui de Lisette et Frontin se construit.

Le jeu d'échos et d'inversions n'est pas moins opérant quand il s'agit de l'agencement des scènes entre elles. Ainsi des scènes 2 et 4 de l'acte I. Dans la scène 2, Frontin, valet du Chevalier amant de la Baronne, apparaît en vue de soutirer à celle-ci de l'argent. Il lui offre deux choses, son « bonjour », et le portrait sans valeur d'une prétendue rivale. Marine fulmine. Dans la scène 4, à l'opposé, débarque Flamand, valet de Turcaret, l'autre soupirant de la Baronne. Flamand ne vient pas pour prendre mais pour donner, et il donne deux choses : un billet en vers de M. Turcaret et un billet au porteur de 10 000 écus. Marine approuve.

Ce ludique effet de miroir peut encore rapprocher opportunément des situations : scène 5, acte I, Turcaret donne une poignée d'argent à Marine ; quelques répliques plus loin, scène 7, le Chevalier s'adressant à la même « fait semblant de fouiller dans ses poches » et ne lui donne rien. Répétition, variation, l'effet comique est assuré.

Quand le jeu gagne les mots eux-mêmes, l'énergie fuse et une décharge de sens se produit. Ainsi dans cet échange entre la Baronne et le Marquis :

LA BARONNE. Vous vous méprenez, Monsieur le Marquis ; Monsieur Turcaret passe dans le monde pour un homme de bien et d'honneur.
LE MARQUIS. Aussi l'est-il, Madame, aussi l'est-il ; il aime le bien des hommes et l'honneur des femmes : il a cette réputation-là. (III,4).

Ou encore :

LE CHEVALIER. Un carrosse, une maison de campagne ! quelle folie !
FRONTIN. Oui : mais tout cela se doit faire aux dépens de Monsieur Turcaret. Quelle sagesse ! (IV,1).

D'une façon plus ramassée, c'est le même procédé d'échos qui apparaît quand à « la vivacité du plaisir » du Chevalier répond « le plaisir de cette vivacité-là » de Turcaret (IV,5) ou quand « je reviendrai des affaires aux plaisirs » est suivi de près par : « Nous vous renverrons des plaisirs aux affaires » (IV,7 et 8).

Qui trompe est trompé

Qui trompe qui dans *Turcaret* ? On comprend très tôt que la Baronne est trompée par le Chevalier et son acolyte Frontin. Puis par sa suivante Lisette. Qu'elle-même trompe Turcaret, qui est par ailleurs la dupe du Chevalier, de Frontin, de Lisette et de M. Furet. Le Chevalier et le Marquis sont les dupes de cette comtesse de province qui n'est autre que Mme Turcaret. Et ledit Turcaret ment à la Baronne quand il lui promet un impossible mariage, trompe la Compagnie des fermiers généraux à laquelle il

MIROIR DES DUPES

La Coquette

O'fiez vous y jeune adonis .　　　Comme de glorieuses captures .
Vous qui vantes vos aduantures .　apprenez dupes que voicy .
Et les faveurs de vos cloris　　　Comme elle vous trompent fiez vous y .

Se Vend à paris chez N.Guerard Graveur rüe S.Iacques a la Reyne du clergé proche S.Iyues .　　C.P.A.

appartient quand il pioche allègrement dans la caisse des impôts. Mme Jacob masque ses talents d'entremetteuse. À la fin de la pièce, Frontin ment à son ancien maître le Chevalier.

Alliant à la fois les propriétés du diamant qui éblouit et du miroir qui réfléchit, la comédie de Lesage est aussi une sorte de miroir aux alouettes : les personnages s'aveuglent et se leurrent mutuellement, se prenant parfois eux-mêmes à leur propre piège. Si bien que dans l'économie générale de la pièce, l'alternance du mensonge et de la vérité, ou encore leur détonante concomitance — source d'une étincelante ironie incessamment renouvelée — deviennent un ressort particulièrement efficace pour la progression de l'intrigue.

Une comédie classique... en apparence

Forte de son découpage en cinq actes et de son apparent respect des règles d'unité de temps, de lieu et d'action, *Turcaret* se présente comme une comédie « régulière » en bonne et due forme. La pièce commence et s'achève le même jour ; elle se déroule tout entière au domicile de la Baronne ; quant à l'action, l'exposition en est faite on ne peut plus clairement, semble-t-il, dès la première scène : « il faut s'attacher à Monsieur Turcaret pour l'épouser ou pour le ruiner. » À la fin de la pièce, l'arrestation du financier à l'initiative de ses créanciers pourrait laisser penser que le programme a été rempli.

Mais à y regarder de plus près, la « régularité » de *Turcaret* ne serait-elle pas un leurre ? Ainsi, pour l'unité de lieu. La pièce se déroule certes « à Paris chez la Baronne ». Mais dans cet espace supposé être celui de l'intimité, on entre comme dans une auberge espagnole, sans se faire annoncer ; on s'y comporte comme chez soi : Turcaret y conduit ses affaires avec

M. Rafle, le Chevalier et Frontin y débattent de la sotte crédulité de la maîtresse de maison, le Chevalier y organise ses soupers, le Marquis en barrera la sortie... Nulle vraisemblance de privauté. Ce lieu aurait-il pour fonction dramaturgique de caractériser avant tout sa propriétaire, qui est rappelons-le une « coquette », d'un accès facile ?

Qu'en est-il de l'unité d'action ? Dans la première scène, en même temps qu'elle annonce l'intrigue principale de la pièce, Marine en prédit le déroulement : « si cela continue, savez-vous ce qui en arrivera ? [...] Monsieur Turcaret saura que vous voulez conserver le Chevalier pour ami ; et il ne le croit pas lui qu'il soit permis d'avoir des amis ; il cessera de vous faire des présents, et il ne vous épousera point. » L'intrigue traditionnelle d'une comédie amoureuse se profile, avec ses conflits, son nœud et son dénouement. Or les ressorts de la comédie annoncée se débandent ; elle tourne court dès la troisième scène de l'acte II. Marine expulsée et discréditée, Turcaret reconquis et durablement aveuglé, voilà toutes les forces contraires au projet fondateur neutralisées, tous les obstacles levés. Partant de là, la pièce n'est plus que la répétition d'un processus une fois pour toutes enclenché : écoulement de l'argent de Turcaret vers la Baronne, de la Baronne vers le Chevalier, et stagnation de la situation amoureuse : Turcaret aime la Baronne qui aime le Chevalier qui ne l'aime pas. Et rien ne viendra ébranler cet état de choses : ni les révélations du Marquis à la Baronne sur le compte de Turcaret et du Chevalier, ni celles de Mme Jacob sur le compte de son frère.

Si bien que la catastrophe finale est artificiellement amenée par un élément tout à fait extérieur à l'intrigue : Turcaret est aux mains de la justice non parce qu'il a été ruiné par la Baronne, mais parce qu'un de ses caissiers s'est envolé avec les fonds de la Compagnie des fermiers généraux. D'ailleurs la chute du financier est-elle définitive ou ne s'agit-il que d'un incident de parcours dans sa carrière ?

Qui est le héros de la fable ?

Le titre de la pièce laisse entendre que Turcaret, personnage éponyme, occuperait cette fonction. Curieux titre cependant, qui, limité à un nom propre, annoncerait plutôt une tragédie. Se situant dans la lignée des Harpin, La Rapinière, Persillet, Sotinet, Griffon, Grippon, Griffard et Griffet, personnages de financiers accessoirement à l'œuvre dans des comédies antérieures à celle de Lesage[1], Turcaret, comme Monsieur Jourdain chez Molière, est un bourgeois qui, fort de sa fortune, veut s'élever hors de sa classe, affichant des prétentions aristocratiques à travers sa maîtresse (une baronne), et des talents qu'il se prête (poète galant, amateur de musique, de belles lettres et d'architecture). Pétri de suffisance comme le corbeau de la fable, Turcaret n'en est que plus facilement manipulable. Cible de l'ironie du Chevalier, du Marquis, de la Baronne et même de Frontin, il est tantôt trop timoré pour riposter, tantôt trop sot pour démêler les enjeux de leurs propos. Âpre au gain, il n'en est pas moins un gibier idéal pour un Furet, animal réputé attra-

---

1. La Rapinière dans *L'Intéressé ou La Rapinière* de Jacques Robbe (1682), M. Harpin dans *La Comtesse d'Escarbagnas* de Molière (1672), Persillet dans *Le Banqueroutier* de Nolant de Fatouville (1687), Sotinet dans *Le Divorce* de Regnard (1688), Griffon dans *La Sérénade* du même (1693), Grippon dans *Ésope* de Le Noble (1691), Griffard dans *La Foire de Bezons* de Dancourt (1695), Griffet dans *Ésope à la cour* de Boursault (1701). L'homogénéité persifleuse de ces patronymes laisse assez entendre le traitement négatif réservé à ces personnages jusqu'à la fin de la première moitié du XVIIIe siècle. Car, à partir de 1760, le financier deviendra — notamment avec l'avènement du drame, sous l'impulsion de Sedaine, Diderot et Beaumarchais — un personnage éminemment recommandable, humain et généreux.

per les lapins à la chasse. Mais Turcaret est-il vraiment le personnage central de la pièce qui porte son nom ? Il n'apparaît que dans seize des cinquante-sept scènes de la comédie, et brille par son absence au moment du désastre qui sert de dénouement.

La Baronne serait-elle l'héroïne de la fable ? L'action se déroule chez elle et elle est le personnage le plus présent (elle figure dans quarante scènes). Elle est à la fois source de dépense pour le financier et ressource pour le Chevalier, donc au cœur du dispositif de transit de l'argent... Néanmoins, la Baronne est autant dupée qu'elle-même dupe, et ne parvient pas plus que Turcaret à cristalliser l'action.

Frontin serait-il un meilleur candidat à la première place ? Appartenant à la famille des Mascarille, Scapin et autres Crispin, personnage probablement inventé par Dancourt dans sa comédie *Les Bourgeoises à la mode* (1692), Frontin est le type du valet rusé, malin, matois, qui se mêle à toutes les intrigues et invente toutes sortes de « machines » pour servir les intérêts de son maître... sans nuire aux siens propres. Comme Lisette, il se projette dans le futur et rêve d'un statut meilleur. L'association de Frontin avec Lisette est solide, leurs intérêts sont résolument communs, ils n'ont pas peur, eux, de « s'aimer comme des bourgeois » : « Je m'en tiens à Lisette, à qui j'ai donné ma foi » (II,8) ; « Je ne saurais m'empêcher d'aimer ce Frontin, c'est mon Chevalier, à moi » (III,12). Alors qu'aucun des autres personnages de la pièce ne sait « thésauriser », eux deux ont pour programme « d'amasser du bien » (III,11) et pour ce faire, travaillent d'arrache-pied. Pour autant, Frontin ne sort pas délibérément de son rang de valet. Il profite seulement de l'occasion qui se présente. Si sa position évolue entre le début et la fin de la comédie, c'est sur l'initiative de la Baronne et non de son propre fait[1]. Du dernier maillon qu'il était dans la chaîne qui relie Turcaret à la Baronne et la Baronne au Chevalier, Frontin devient, au milieu de l'acte III, un maillon intermédiaire entre le financier et la coquette, remontant à la source de l'argent : Frontin est chargé de l'achat de l'équipage. On devine qu'à partir de cet instant la nature des « apports » de Turcaret va changer : moins d'argent en espèces et plus de biens négociés par Frontin, sur lesquels il pourra, au passage, prélever sa commission.

Le hasard présidera à l'enrichissement inattendu du valet car, ultime pirouette dramaturgique, c'est à une audace de dernière minute, un mensonge improvisé, que Frontin doit ses quarante mille livres, et non à l'aboutissement de manœuvres machiavéliques.

En définitive, il ressort que *Turcaret* est une pièce sans héros, comme elle est une pièce sans nœud ni dénouement.

Les prémisses d'une veine foraine

Lorsque des contemporains de Lesage ont pointé que l'intrigue de *Turcaret* était relâchée et l'action de la pièce dispersée, ils ont notamment regretté la présence de plusieurs « scènes épisodiques », accessoires, qui venaient ralentir le rythme de la pièce. Ils faisaient alors allusion aux scènes avec M. Rafle (III,7), avec M. Furet et Mme Jacob (respectivement 7 et 10 de l'acte IV), avec Flamand (V,3). Il est vrai que ce

---

1. Frontin a bien compris que c'est à la Baronne qu'il devra son enrichissement progressif, plus qu'au Chevalier. Signe éclairant : le « nous » que Frontin employait au début de la pièce recouvrait le Chevalier et lui-même ; par la suite le pronom comprendra la Baronne et lui-même (voire aussi Lisette...), « [...] dix mille francs dont *nous* avons besoin pour *nous* meubler » (IV,1).

mode de composition, encore appelé « scènes à
tiroir », où la libre juxtaposition des scènes se substi-
tuait à une construction serrée de l'intrigue, était peu
recommandée dans une comédie régulière alors
qu'elle sera au contraire typique des pièces jouées sur
les théâtres de la Foire, et donc de la production dramatique de Lesage immédiatement postérieure à
Turcaret.

La propension gourmande de Lesage à baptiser ses
personnages de noms programmatiques est un autre
écart par rapport aux normes de la comédie classique. Outre les Rafle et Furet déjà mentionnés,
l'auteur ne résiste pas au plaisir d'introduire dans sa
pièce (hors champ) le poète Gloutonneau, le procureur Innocent-Blaise Le Juste, le colonel de Porcandorf, le pâtissier Briochais. La portée comique et sati-
rique de ces noms est transparente encore
aujourd'hui. Nous pourrions en revanche passer à
côté de la saveur du nom du maquignon, Éloi-
Jérôme Poussif : « poussif » se dit des chevaux qui ont
« la pousse », une maladie qui, suivant le *Dictionnaire
de l'Académie française*, « les fait souffler extraordi-
nairement ». Le nom de Turcaret enfin mérite d'être
éclairé. Turc, aux XVIIe et XVIIIe siècles, est synonyme
d'homme dur, inexorable et sans pitié[1]. Turcaret
serait une sorte de *Turc arrê*té dans son ascension.
Mais « turc » désigne aussi un petit ver qui s'insinue
entre l'écorce et le bois des arbres pour sucer la sève.
Merveilleuse image exploitée par Lesage que celle du
financier parasite qui se glisse entre le roi et le peuple
pour sucer l'argent de celui-ci...

Le choix d'un registre comique que les contemporains de Lesage ont parfois jugé « bas » est à l'œuvre

---

1. Voir dans *L'Avare* de Molière une réplique de La Flèche (II, 5) : « Je
te défie d'attendrir, du côté de l'argent, l'homme dont il est question [Har-
pagon]. Il est turc là-dessus, mais d'une turquerie à désespérer tout le
monde ; et l'on pourrait crever, qu'il n'en branlerait pas. »

également, à plus grande échelle, dans la série que forment les scènes 6, 7, 8 et 9 du dernier acte de la pièce. Cette accumulation de scènes de reconnaissance (qui pulvérise au demeurant toute prétention à la vraisemblance de l'action) est déjà en soi source d'un franc comique de répétition : « Ô ciel ! », « Ho parbleu », « Mais qu'est-ce que je vois ? Ma belle-sœur ici ! », « Ah ! en croirai-je mes yeux ma sœur ici » ; le fait que ces scènes aboutissent toutes à un effet inversé — les personnages, au lieu de se réjouir, se désespèrent de se voir réunis — ajoute une dimension farcesque et parodique à la situation : « La malheureuse journée », « Qui diable les a amenées ici ? » se lamentent tour à tour Mme et M. Turcaret. Il ne fallait pas moins de ces scènes épisodiques incongrues et de ces retrouvailles éminemment improbables pour sortir la comédie de la boucle perpétuelle dans laquelle elle pouvait sembler s'être laissé enfermer à partir de l'acte II, scène 3.

Participant de la même veine foraine, l'écriture de la pièce est truffée d'amorces pétaradantes et inattendues, qui produisent des trouées dans la fable et permettent au spectateur attentif d'anticiper les événements ou les situations qui seront exposés ; le spectateur moins attentif reconnaîtra « à retardement » la réalisation de ces événements ou situations. Dès la scène 3 de l'acte I, Marine — à son insu — laisse deviner l'identité de la fameuse comtesse de province en l'associant au financier :

LA BARONNE. [...] cette comtesse-là n'est pas mal faite.
MARINE. À peu près comme Monsieur Turcaret.

Dans l'acte III, scène 7, M. Rafle signale au financier qu'il a vu la veille Mme Turcaret à Paris, « avec une manière de jeune seigneur, dont le visage ne m'est pas tout à fait inconnu, et que je viens de trouver dans cette rue-ci en arrivant ». Or le Marquis

vient précisément de quitter la demeure de la
Baronne et l'on sait depuis la scène 4 du
même acte que ce gentilhomme a justement
eu affaire à Rafle, l'usurier. Sans réaction devant la
coïncidence qui révèle pourtant que sa femme fri-
cote avec le Marquis, Turcaret rumine dans la
scène 8 :

Malepeste ! Ce serait une sotte aventure, si Madame Turcaret s'avisait de venir en cette maison : elle me perdrait
dans l'esprit de ma baronne, à qui j'ai fait accroire que
j'étais veuf.

Dans l'acte IV, scène 3, le Chevalier déclare avec
un don de prémonition qui lui échappe : « Cette
charmante conquête du Marquis est apparemment
une comtesse comme celle que j'ai sacrifiée à la
Baronne. »

Mais le procédé atteint sans doute son point
d'orgue à la scène 10 de l'acte III, quand Turcaret
lâche incidemment, parlant de Frontin : « ce coquin-
là me ruinerait à la fin... » L'effet de ces petites
bombes est d'instaurer une complicité entre l'auteur
et le spectateur sur le dos des personnages. Comme
si Lesage faisait en sorte de conjurer toute tentation
d'identification avec eux.

On rapprochera enfin de ces « déflagrations par
anticipation » la kyrielle de vérités outrageantes que
les personnages sont capables de formuler ou
d'entendre sans donner le moindre signe d'en être
affectés. Pourtant la force percutante de ces propos
est telle que le spectateur, lui, en reste interdit. Nous
ne retiendrons ici qu'un petit nombre de ces révélations abyssales, toutes prélevées dans le seul premier
acte :

Marine à sa maîtresse, à propos de Turcaret : « [...]
L'excellent sujet ; il a de l'argent, il est prodigue et
crédule, c'est un homme fait pour les coquettes »
(I,6).

La Baronne au Chevalier, à propos de Turcaret :
« [...] J'ai de l'esprit, Monsieur Turcaret n'en a
guère : je ne l'aime point, et il est amoureux : je saurai me faire auprès de lui un mérite [d'avoir chassé
Marine] » (I,8).

Frontin au Chevalier, à propos de la Baronne :
« [...] la bonne aubaine, et la bonne femme : il faut
être aussi heureux que vous l'êtes, pour en rencontrer de pareilles : savez-vous que je la trouve un peu
trop crédule pour une coquette ? » (I,9).

Le Chevalier à Frontin, à propos de la Baronne :
« [...] Je serais un grand malheureux de m'exposer
à rompre avec elle à si bon marché. [...] Si jamais
je me brouille, ce ne sera qu'après la ruine totale
de Monsieur Turcaret. [...] Je ne rends des soins à
la coquette, que pour l'aider à ruiner le traitant »
(I,9).

Frontin seul : « J'admire le train de la vie
humaine ; nous plumons une coquette, la coquette
mange un homme d'affaires, l'homme d'affaires en
pille d'autres : cela fait un ricochet de fourberies le
plus plaisant du monde » (I,10).

Le souper n'aura pas lieu

Acte II, scène 4, Frontin annonce à Turcaret et à
la Baronne que le Chevalier a l'intention de leur donner à souper, chez la Baronne, le soir même. Et de
s'étendre sur l'organisation du repas, accompagné de
musique, de chant, et largement arrosé puisque le
valet s'apprête à commander vingt-quatre bouteilles
de champagne pour trois convives. Profusion et plaisirs en perspective ; le Chevalier est généreux, il dispose « de la bourse d'un partisan » comme le dit
Frontin, rappelant crûment que c'est, en fait, avec
l'argent de Turcaret soutiré à la Baronne que le Che-

valier régale la compagnie, ce qui semble échapper
au financier.

Acte III, scène 1, la Baronne, pourtant peu attachée à la bonne marche de sa maison, manifeste
curieusement de l'intérêt pour ce repas : « Hé bien,
Frontin, as-tu commandé le souper ? Fera-t-on
grand' chère ? » Et scène 3, s'adressant à sa nouvelle
suivante : « Vous savez qu'on soupe ici ; donnez
ordre que nous ayons un couvert propre, et que
l'appartement soit bien éclairé. »

Acte IV, scène 2, le Chevalier élargit ses invitations
au Marquis et à sa dernière conquête féminine, ce
dont il informe la Baronne, scène 4 : « augmentation
de convives, surcroît de plaisir »... À la scène 7, à
Turcaret qui s'éclipse pour affaires, la Baronne
lance : « Ne tardez pas au moins : songez que l'on
vous attend », pour le banquet s'entend.

Acte V, scène 8, le Chevalier apprend à Mme Jacob
que son frère est attendu pour le souper auquel le
Marquis invite non sans ironie la marchande de
mode : « car j'aime les soupers de famille ».

On ne saurait manquer de remarquer la perma-
nence de l'intérêt que ce souper suscite au fur et à
mesure que la pièce progresse, du nombre de personnages que peu à peu il agrège, devenant un projet
fédérateur dont la concrétisation est régulièrement
promise pour « ce soir ». Comme une cérémonie qui
aussitôt annoncée capte les énergies et captive les
esprits. Tous sont invités à souper « aux dépens de »
Turcaret, Turcaret qui les régalera tous. Et là, on
échappe difficilement au double fond des mots,
double fond que Lesage affectionne. Le financier va
être à la fois celui qui paie l'addition et la pâture que
les invités s'apprêtent à dévorer. Car le projet commun de ruiner Turcaret, d'obtenir comme l'a dit
Frontin « sa destruction, son anéantissement » (I,9),
n'est pas sans évoquer un acte concerté de canni-

balisme. Souvenons-nous des invitations de
Mme Jacob à la Baronne de « le piller », « le manger »,
« le ronger », « l'abîmer » (IV,10). Auxquelles font
écho les propositions de Lisette à la Baronne dans la
scène suivante : « Mettons Monsieur Turcaret à feu
et à sang. » Le Marquis, lui, a au moins la décence
d'attendre la mort de sa tante pour « manger sa succession » (III, 4).

Que retenir dès lors de ce festin métaphorique ?
D'abord que Lesage fait en sorte qu'il n'ait pas lieu.
La proie Turcaret est soustraite au sacrifice. La Justice, amenée ici tel un *deus ex machina*, n'a pas laissé
le crime anthropophage se perpétrer. Et puis, que les
convives prédateurs restent sur leur faim qui coïncide
avec la fin de la pièce. La morale, elle, reste en sus-
pens…

Nathalie RIZZONI

CRISPIN RIVAL DE SON MAÎTRE

Comédie

Note sur l'établissement du texte

Publiée pour la première fois à Paris chez Pierre Ribou en 1707, la comédie *Crispin rival de son maître* fut rééditée en 1739 au second tome du *Recueil des pièces mises au Théâtre Français par M. Lesage* (2 volumes), toujours à Paris, chez Jacques Barois fils.

Plutôt que l'édition originale, nous avons préféré l'édition de 1739 qui apporte ponctuellement des corrections mineures au texte, mais qui vont toutes dans le sens d'un enrichissement, d'une plus grande acuité de la parole, par exemple :

Scène 3 : « je demeure à Chartres » (1707) ; « je *me suis retiré* à Chartres » (1739).
Scène 7 : « de marier ma fille avec Damis » (1707) ; « de marier ma fille *à* Damis » (1739).
Scène 12 : « tous deux pleurer vos déplaisirs » (1707) ; « tous deux pleurer *ensemble* vos déplaisirs » (1739) ; « il faudra que vous pleuriez tout seul » (1707) ; « il faudra que vous pleuriez *séparément* » (1739).
Scène 24 : « m'avoir rendu ce mauvais office auprès de vous » (1707) ; « m'avoir rendu *un si* mauvais office auprès de vous » (1739).

Afin de faciliter l'accès à l'œuvre, et en vertu d'une pratique aujourd'hui courante, l'orthographe a été modernisée ; la ponctuation, en revanche, est restée au plus près de la ponctuation d'origine, sauf lorsqu'elle est manifestement fautive.

Nous avons de même, et toujours en conformité avec les éditions anciennes, renoncé aux guillemets pour signaler une parole rapportée et systématiquement rétabli les italiques qui permettent au lecteur d'identifier les textes lus à haute voix par un personnage.

Acteurs

M. ORONTE, *bourgeois de Paris.*
MME ORONTE, *sa femme.*
ANGÉLIQUE, *leur fille promise à Damis.*
VALÈRE, *amant d'Angélique.*
M. ORGON, *père de Damis.*
LISETTE, *suivante d'Angélique.*
CRISPIN, *valet de Valère.*
LA BRANCHE, *valet de Damis.*

La scène est à Paris.

Scène première

VALÈRE, CRISPIN

VALÈRE. Ah, te voilà, bourreau !

CRISPIN. Parlons sans emportement.

VALÈRE. Coquin !

CRISPIN. Laissons là, je vous prie, nos qualités. De quoi vous plaignez-vous ?

VALÈRE. De quoi je me plains, traître ! Tu m'avais demandé congé pour huit jours, et il y a plus d'un mois que je ne t'ai vu. Est-ce ainsi qu'un valet doit servir ?

CRISPIN. Parbleu, Monsieur, je vous sers comme vous me payez. Il me semble que l'un n'a pas plus de sujet de se plaindre que l'autre.

VALÈRE. Je voudrais bien savoir d'où tu peux venir ?

CRISPIN. Je viens de travailler à ma fortune. J'ai été en Touraine avec un chevalier[1] de mes amis faire une petite expédition.

VALÈRE. Quelle expédition ?

CRISPIN. Lever un droit qu'il s'est acquis sur les gens de province par sa manière de jouer[2].

VALÈRE. Tu viens donc fort à propos, car je n'ai point d'argent ; et tu dois être en état de m'en prêter.

CRISPIN. Non, Monsieur, nous n'avons pas fait une heureuse pêche. Le poisson a vu l'hameçon, il n'a point voulu mordre à l'appât.

---

1. Comprendre « chevalier d'industrie », homme qui vit d'expédients, escroc.   2. Crispin établit plaisamment un parallèle entre le fait de tricher au jeu et la perception d'impôts par les fermiers généraux, également appelés « financiers ».

VALÈRE. Le bon fonds de garçon que voilà ! Écoute Crispin, je veux bien te pardonner le passé : j'ai besoin de ton industrie[1].

CRISPIN. Quelle clémence !

VALÈRE. Je suis dans un grand embarras.

CRISPIN. Vos créanciers s'impatientent-ils ? Ce gros marchand à qui vous avez fait un billet de neuf cents francs pour trente pistoles d'étoffe qu'il vous a fournie[2], aurait-il obtenu sentence contre vous ?

VALÈRE. Non.

CRISPIN. Ah j'entends. Cette généreuse marquise qui alla elle-même payer votre tailleur qui vous avait fait assigner, a découvert que nous agissions de concert avec lui[3].

VALÈRE. Ce n'est point cela, Crispin. Je suis devenu amoureux.

CRISPIN. Oh oh ! Et de qui, par aventure ?

VALÈRE. D'Angélique, fille unique de Monsieur Oronte.

CRISPIN. Je la connais de vue, peste la jolie figure ! son père, si je ne me trompe, est un bourgeois qui demeure en ce logis, et qui est très riche.

VALÈRE. Oui, il a trois grandes maisons dans les plus beaux quartiers de Paris.

CRISPIN. L'adorable personne qu'Angélique !

VALÈRE. De plus il passe pour avoir de l'argent comptant.

CRISPIN. Je connais tout l'excès de votre amour. Mais

---

1. Adresse, habileté.   2. Pistole : monnaie d'or étrangère d'Espagne ou d'Italie valant dix livres ou dix francs de l'époque. Voir, de même que pour toutes les autres mentions d'argent dans la pièce, l'annexe relative aux monnaies à la fin du volume. Crispin fait allusion au fait que Valère a acheté son étoffe à crédit, à un taux d'intérêt de 200 % et qu'il ne l'aurait toujours pas payée.   3. Allusion à un stratagème de Valère pour soutirer de l'argent à la marquise : une assignation en justice fictive pour que la marquise, probablement une de ses conquêtes, acquitte des dettes également fictives, le tailleur reversant à Valère la somme réglée... moins une commission vraisemblablement pour service rendu.

où en êtes-vous avec la petite fille ? Elle sait vos
sentiments ?

VALÈRE. Depuis huit jours que j'ai un libre accès chez
son père, j'ai si bien fait, qu'elle me voit d'un œil
favorable, mais Lisette sa femme de chambre
m'apprit hier une nouvelle qui me met au désespoir.

CRISPIN. Eh que vous a-t-elle dit cette désespérante
Lisette ?

VALÈRE. Que j'ai un rival, que Monsieur Oronte a
donné sa parole à un jeune homme de province qui
doit incessamment arriver à Paris pour épouser
Angélique.

CRISPIN. Et qui est ce rival ?

VALÈRE. C'est ce que je ne sais point encore. On
appela Lisette dans le temps qu'elle me disait cette
fâcheuse nouvelle, et je fus obligé de me retirer
sans apprendre son nom.

CRISPIN. Nous avons bien la mine de n'être pas sitôt
propriétaires des trois belles maisons de Monsieur
Oronte.

VALÈRE. Va trouver Lisette de ma part, parle-lui,
après cela nous prendrons nos mesures.

CRISPIN. Laissez-moi faire.

VALÈRE. Je vais t'attendre au logis.

Scène 2

CRISPIN, *seul.*

Que je suis las d'être valet ! Ah, Crispin, c'est ta
faute, tu as toujours donné dans la bagatelle[1], tu
devrais présentement briller dans la finance. Avec
l'esprit que j'ai, morbleu, j'aurais déjà fait plus
d'une banqueroute[2].

---

1. Chose frivole et de peu d'importance.   2. Allusion à des banque-
routes retentissantes de l'époque : des fermiers généraux simulaient une
faillite, partaient en emportant la caisse et revenaient dans les affaires
quelque temps plus tard.

Scène 3

CRISPIN, LA BRANCHE

LA BRANCHE. N'est-ce pas là Crispin ?

CRISPIN. Est-ce La Branche que je vois ?

LA BRANCHE. C'est Crispin, c'est lui-même.

CRISPIN. C'est La Branche, ou je meure ! l'heureuse rencontre ! que je t'embrasse mon cher. Franchement, ne te voyant plus paraître à Paris, je craignais que quelque arrêt de la cour ne t'en eût éloigné[1].

LA BRANCHE. Ma foi, mon ami, je l'ai échappé belle depuis que je ne t'ai vu. On m'a voulu donner de l'occupation sur mer ; j'ai pensé être du dernier détachement de la Tournelle[2].

CRISPIN. Tudieu ! Qu'avais-tu donc fait ?

LA BRANCHE. Une nuit je m'avisai d'arrêter dans une rue détournée un marchand étranger pour lui demander par curiosité des nouvelles de son pays. Comme il n'entendait pas le français, il crut que je lui demandais la bourse, il crie au voleur, le guet vient, on me prend pour un fripon, on me mène au Châtelet[3], j'y ai demeuré sept semaines.

CRISPIN. Sept semaines ?

LA BRANCHE. J'y aurais demeuré bien davantage sans la nièce d'une revendeuse à la toilette[4].

CRISPIN. Est-il vrai ?

---

1. Nouveau parallèle, insolent et plaisant, entre une condamnation pénale et la disgrâce d'un gentilhomme renvoyé dans ses terres en province sur ordre du roi.   2. La Branche embraye sur le langage à double fond de Crispin. On pourrait comprendre le commandement d'un vaisseau ou celui d'un régiment alors qu'il a failli être envoyé aux galères. La Tournelle désignait le parlement de Paris et plus précisément la chambre chargée des affaires criminelles.   3. À Paris, le grand Châtelet était le tribunal où se jugeaient les affaires civiles et criminelles ; le petit Châtelet était une prison.   4. Femme qui porte dans les maisons des vêtements, des bijoux, qu'elle est chargée de vendre ou de revendre.

LA BRANCHE. On était furieusement prévenu contre moi, mais cette bonne amie se donna tant de mouvement, qu'elle fit connaître mon innocence.

CRISPIN. Il est bon d'avoir de puissants amis.

LA BRANCHE. Cette aventure m'a fait faire des réflexions.

CRISPIN. Je le crois, tu n'es plus curieux de savoir des nouvelles des pays étrangers.

LA BRANCHE. Non, ventrebleu, je me suis remis dans le service. Et toi, Crispin, travailles-tu toujours ?

CRISPIN. Non, je suis comme toi un fripon honoraire[1]. Je suis rentré dans le service aussi ; mais je sers un maître sans bien, ce qui suppose un valet sans gages ; je ne suis pas trop content de ma condition[2].

LA BRANCHE. Je le suis assez de la mienne, moi, je me suis retiré à Chartres, j'y sers un jeune homme appelé Damis ; c'est un aimable garçon, il aime le jeu, le vin, les femmes ; c'est un homme universel ; nous faisons ensemble toutes sortes de débauches[3] ; cela m'amuse, cela me détourne de mal faire.

CRISPIN. L'innocente vie !

LA BRANCHE. N'est-il pas vrai ?

CRISPIN. Assurément. Mais dis-moi, La Branche, qu'es-tu venu faire à Paris ? où vas-tu ?

LA BRANCHE. Je vais dans cette maison.

CRISPIN. Chez Monsieur Oronte ?

LA BRANCHE. Sa fille est promise à Damis.

CRISPIN. Angélique promise à ton maître ?

---

1. Crispin, voleur de profession, continue de s'assimiler à une personne de qualité. « Honoraire » se dit des personnes qui, après avoir exercé longtemps certains emplois, certaines charges, en conservent les honneurs.
2. Prendre en compte ici les trois principaux sens du mot : domesticité (Crispin n'est pas satisfait d'être le valet d'un tel maître) ; état d'un homme considéré par rapport à sa naissance : être de grande condition (noble) ou de basse condition (Crispin aspire manifestement à une condition plus élevée que la sienne) ; situation (Crispin s'en plaint). 3. Excès.

LA BRANCHE. Monsieur Orgon père de Damis était à Paris il y a quinze jours, j'y étais avec lui ; nous allâmes voir Monsieur Oronte qui est de ses anciens amis, et ils arrêtèrent entre eux ce mariage.

CRISPIN. C'est donc une affaire résolue.

LA BRANCHE. Oui, le contrat est déjà signé des deux pères et de Madame Oronte ; la dot qui est de vingt mille écus[1] en argent comptant est toute prête, on n'attend que l'arrivée de Damis pour terminer la chose.

CRISPIN. Ah parbleu cela étant, Valère mon maître n'a donc qu'à chercher fortune ailleurs.

LA BRANCHE. Quoi ton maître ?

CRISPIN. Il est amoureux de cette même Angélique : mais puisque Damis...

LA BRANCHE. Oh Damis n'épousera point Angélique, il y a une petite difficulté.

CRISPIN. Eh quelle ?

LA BRANCHE. Pendant que son père le mariait ici, il s'est marié à Chartres lui.

CRISPIN. Comment donc ?

LA BRANCHE. Il aimait une jeune personne avec qui il avait fait les choses, de manière qu'au retour du bonhomme Orgon, il s'est fait en secret une assemblée de parents[2]. La fille est de condition[3], Damis a été obligé de l'épouser.

CRISPIN. Oh cela change la thèse.

LA BRANCHE. J'ai trouvé les habits de noces de mon maître tout faits, j'ai ordre de les emporter à Chartres, aussitôt que j'aurai vu Monsieur et Madame Oronte, et retiré la parole de Monsieur Orgon.

CRISPIN. Retirer la parole de Monsieur Orgon !

---

1. L'écu vaut trois livres. Voir, de même que pour toutes les autres mentions d'argent dans la pièce, le document relatif aux monnaies à la fin du volume. 2. La jeune personne en question étant enceinte de Damis. 3. D'une famille noble.

LA BRANCHE. C'est ce qui m'amène à Paris, sans adieu Crispin, nous nous reverrons.

CRISPIN. Attends La Branche, attends mon enfant, il me vient une idée, dis-moi un peu, ton maître est-il connu de Monsieur Oronte ?

LA BRANCHE. Ils ne se sont jamais vus.

CRISPIN. Ventrebleu si tu voulais, il y aurait un beau coup à faire ; mais après ton aventure du Châtelet, je crains que tu ne manques de courage.

LA BRANCHE. Non non, tu n'as qu'à dire, une tempête essuyée n'empêche point un bon matelot de se remettre en mer. Parle ; de quoi s'agit-il ? est-ce que tu voudrais faire passer ton maître pour Damis ? et lui faire épouser.

CRISPIN. Mon maître ! fi donc, voilà un plaisant gueux pour une fille comme Angélique. Je lui destine un meilleur parti.

LA BRANCHE. Qui donc ?

CRISPIN. Moi.

LA BRANCHE. Malepeste tu as raison, cela n'est pas mal imaginé au moins.

CRISPIN. Je suis aussi amoureux d'elle.

LA BRANCHE. J'approuve ton amour.

CRISPIN. Je prendrai le nom de Damis.

LA BRANCHE. C'est bien dit.

CRISPIN. J'épouserai Angélique.

LA BRANCHE. J'y consens.

CRISPIN. Je toucherai la dot.

LA BRANCHE. Fort bien !

CRISPIN. Et je disparaîtrai avant qu'on en vienne aux éclaircissements.

LA BRANCHE. Expliquons-nous mieux sur cet article.

CRISPIN. Pourquoi ?

LA BRANCHE. Tu parles de disparaître avec la dot sans faire mention de moi. Il y a quelque chose à corriger dans ce plan-là.

CRISPIN. Oh nous disparaîtrons ensemble.

LA BRANCHE. À cette condition-là, je te sers de crou-pier[1]. Le coup, je l'avoue est un peu hardi ; mais mon audace se réveille, et je sens que je suis né pour les grandes choses. Où irons-nous cacher la dot ?

CRISPIN. Dans le fond de quelque province éloignée.

LA BRANCHE. Je crois qu'elle sera mieux hors du royaume, qu'en dis-tu ?

CRISPIN. C'est ce que nous verrons. Apprends-moi de quel caractère est Monsieur Oronte.

LA BRANCHE. C'est un bourgeois fort simple, un petit génie[2].

CRISPIN. Et Madame Oronte ?

LA BRANCHE. Une femme de vingt-cinq à soixante ans, une femme qui s'aime, et qui est d'un esprit tellement incertain, qu'elle croit dans le même moment le pour et le contre.

CRISPIN. Cela suffit, il faut à présent emprunter des habits pour...

LA BRANCHE. Tu peux te servir de ceux de mon maître, oui justement tu es à peu près de sa taille.

CRISPIN. Peste ! il n'est pas mal fait.

LA BRANCHE. Je vois sortir quelqu'un de chez Mon-sieur Oronte, allons dans mon auberge concerter l'exécution de notre entreprise.

CRISPIN. Il faut auparavant que je coure au logis par-ler à Valère, et que je l'engage par une fausse confi-dence[3] à ne point venir de quelques jours chez Monsieur Oronte. Je t'aurai bientôt rejoint.

---

1. Au jeu, celui qui est associé avec le joueur qui tient la carte ou le dé. Mais aussi : celui qui a un intérêt dans la part d'un associé ; qui est dans les intérêts d'un autre et les soutient secrètement.   2. Par opposition à grand génie. Ici, homme d'une intelligence très bornée.   3. Un men-songe.

Scène 4

ANGÉLIQUE, LISETTE

ANGÉLIQUE. Oui, Lisette, depuis que Valère m'a
  découvert sa passion, un secret chagrin me dévore,
  et je sens que si j'épouse Damis, il m'en coûtera
  le repos de ma vie.

LISETTE. Voilà un dangereux homme que ce Valère.

ANGÉLIQUE. Que je suis malheureuse ! entre dans ma
  situation, Lisette ! que dois-je faire ? conseille-moi,
  je t'en conjure.

LISETTE. Quel conseil pouvez-vous attendre de moi ?

ANGÉLIQUE. Celui que t'inspirera l'intérêt que tu
  prends à ce qui me touche.

LISETTE. On ne peut vous donner que deux sortes de
  conseils, l'un d'oublier Valère, et l'autre de vous
  raidir contre l'autorité paternelle : vous avez trop
  d'amour pour suivre le premier, j'ai la conscience
  trop délicate pour vous donner le second, cela est
  embarrassant comme vous voyez.

ANGÉLIQUE. Ah ! Lisette tu me désespères.

LISETTE. Attendez, il me semble pourtant que l'on
  peut concilier votre amour et ma conscience ; oui,
  allons trouver votre mère.

ANGÉLIQUE. Que lui dire ?

LISETTE. Avouons-lui tout, elle aime qu'on la flatte,
  qu'on la caresse ; flattons-la, caressons-la ; dans
  le fond, elle a de l'amitié pour vous, et elle obli-
  gera peut-être Monsieur Oronte à retirer sa
  parole.

ANGÉLIQUE. Tu as raison, Lisette, mais je crains...

LISETTE. Quoi ?

ANGÉLIQUE. Tu connais ma mère, son esprit a si peu
  de fermeté.

LISETTE. Il est vrai qu'elle est toujours du sentiment
  de celui qui lui parle le dernier, n'importe ne lais-

sons pas de l'attirer dans notre parti. Mais je la
vois, retirez-vous pour un moment, vous revien-
drez quand je vous en ferai signe.

Scène 5

MME ORONTE, LISETTE

LISETTE, *sans faire semblant de voir Madame Oronte*. Il
faut convenir que Madame Oronte est une des
plus aimables femmes de Paris.

MME ORONTE. Vous êtes flatteuse, Lisette.

LISETTE. Ah madame, je ne vous voyais pas ! Ces
paroles que vous venez d'entendre, sont la suite
d'un entretien que je viens d'avoir avec Mademoiselle Angélique au sujet de son mariage. Vous avez,
lui disais-je, la plus judicieuse de toutes les mères,
la plus raisonnable.

MME ORONTE. Effectivement Lisette, je ne ressemble
guère aux autres femmes. C'est toujours la raison
qui me détermine.

LISETTE. Sans doute.

MME ORONTE. Je n'ai ni entêtement ni caprice.

LISETTE. Et avec cela vous êtes la meilleure mère du
monde ; je mets en fait[1] que si votre fille avait de
la répugnance à épouser Damis, vous ne voudriez
pas contraindre là-dessus son inclination.

MME ORONTE. Moi la contraindre ! moi gêner ma
fille ! à Dieu ne plaise que je fasse la moindre violence à ses sentiments. Dites-moi, Lisette, aurait-
elle de l'aversion pour Damis ?

LISETTE. Eh mais...

MME ORONTE. Ne me cachez rien.

LISETTE. Puisque vous voulez savoir les choses,
Madame, je vous dirai qu'elle a de la répugnance
pour ce mariage.

---

1. Je parie, je gage que.

Mme Oronte. Elle a peut-être une passion dans le
    cœur.

Lisette. Oh ! Madame, c'est la règle. Quand une fille
    a de l'aversion pour un homme qu'on lui destine
    pour mari, cela suppose toujours qu'elle a de
    l'inclination pour un autre. Vous m'avez dit, par
    exemple, que vous haïssiez Monsieur Oronte la
    première fois qu'on vous le proposa, parce que
    vous aimiez un officier qui mourut au siège de
    Candie[1].

Mme Oronte. Il est vrai que si ce pauvre garçon ne
    fût pas mort, je n'aurais jamais épousé Monsieur
    Oronte.

Lisette. Hé-bien, Madame, Mademoiselle votre fille
    est dans la même disposition où vous étiez avant
    le siège de Candie.

Mme Oronte. Eh ! qui est donc le cavalier qui a
    trouvé le secret de lui plaire ?

Lisette. C'est ce jeune gentilhomme qui vient jouer
    chez vous depuis quelques jours[2].

Mme Oronte. Qui ? Valère.

Lisette. Lui-même.

Mme Oronte. À propos vous m'en faites souvenir, il
    nous regardait hier Angélique et moi avec des yeux
    si passionnés ! Êtes-vous bien assurée, Lisette, que
    c'est de ma fille qu'il est amoureux ?

Lisette, *fait signe à Angélique de s'approcher*. Oui,
    Madame, il me l'a dit lui-même, et il m'a chargée
    de vous prier de sa part de trouver bon qu'il vienne
    vous en faire la demande.

---

1. Ancien nom de la ville d'Héraklion, capitale de la Crète. Assiégée par
les Turcs, la ville fut défendue par les Vénitiens et les Français entre 1667
et 1669.   2. Comme bien des bourgeoises de son époque,
Mme Oronte devait tenir une petite « académie » de jeu chez elle.

Scène 6

Mme Oronte, Angélique, Lisette

Angélique. Pardonnez, Madame, si mes sentiments ne sont pas conformes aux vôtres, mais vous savez...

Mme Oronte. Je sais bien qu'une fille ne règle pas toujours les mouvements de son cœur sur les vues de ses parents ; mais je suis tendre, je suis bonne, j'entre dans vos peines. En un mot j'agrée la recherche de Valère.

Angélique. Je ne puis vous exprimer, Madame, tout le ressentiment[1] que j'ai de vos bontés.

Lisette. Ce n'est pas assez, Madame ; Monsieur Oronte est un petit opiniâtre, si vous ne soutenez pas avec vigueur...

Mme Oronte. Oh n'ayez point d'inquiétude là-dessus ; je prends Valère sous ma protection, ma fille n'aura point d'autre époux que lui, c'est moi qui vous le dis ; mon mari vient, vous allez voir de quel ton je vais lui parler.

Scène 7

Mme Oronte, M. Oronte, Angélique, Lisette

Mme Oronte. Vous venez fort à propos, Monsieur, j'ai à vous dire que je ne suis plus dans le dessein de marier ma fille à Damis.

M. Oronte. Ah ah ! peut-on savoir, Madame, pourquoi vous avez changé de résolution ?

Mme Oronte. C'est qu'il se présente un meilleur parti pour Angélique. Valère la demande, il n'est pas à la vérité si riche que Damis ; mais il est gen-

---

1. La reconnaissance.

tilhomme, et en faveur de sa noblesse, nous devons lui passer son peu de bien.

LISETTE. Bon.

M. ORONTE. J'estime Valère, et sans faire attention à son peu de bien, je lui donnerais très volontiers ma fille, si je le pouvais avec honneur ; mais cela ne se peut pas, Madame.

MME ORONTE. D'où vient, Monsieur ?

M. ORONTE. D'où vient ? Voulez-vous que nous manquions de parole à Monsieur Orgon notre ancien ami ? Avez-vous quelque sujet de vous plaindre de lui ?

MME ORONTE. Non.

LISETTE, *bas.* Courage ne mollissez point.

M. ORONTE. Pourquoi donc lui faire un pareil affront ? Songez que le contrat est signé, que tous les préparatifs sont faits, et que nous n'attendons que Damis. La chose n'est-elle pas trop avancée pour s'en dédire ?

MME ORONTE. Effectivement je n'avais pas fait toutes ces réflexions.

LISETTE, *bas.* Adieu, la girouette va tourner.

M. ORONTE. Vous êtes trop raisonnable, Madame, pour vouloir vous opposer à ce mariage.

MME ORONTE. Oh je ne m'y oppose pas.

LISETTE. Mort de ma vie, est-ce là une femme, elle ne contredit point.

MME ORONTE. Vous le voyez, Lisette, j'ai fait ce que j'ai pu pour Valère.

LISETTE. Oui, vraiment, voilà un amant bien protégé.

Scène 8

M. ORONTE, MME ORONTE, ANGÉLIQUE, LISETTE, LA BRANCHE

M. ORONTE. J'aperçois le valet de Damis.

LA BRANCHE. Très humble serviteur à Monsieur et à

Madame Oronte ; serviteur très humble à Mademoiselle Angélique ; bon jour Lisette.

M. ORONTE. Hé bien, La Branche, quelle nouvelle ?

LA BRANCHE. Monsieur Damis votre gendre et mon maître vient d'arriver de Chartres. Il marche sur mes pas. J'ai pris les devants pour vous en avertir.

ANGÉLIQUE, *bas*. Ô ciel !

M. ORONTE. Je l'attendais avec impatience, mais pourquoi n'est-il pas venu tout droit chez moi ? Dans les termes où nous en sommes, doit-il faire ces façons-là ?

LA BRANCHE. Oh, Monsieur, il sait trop bien vivre pour en user si familièrement avec vous, c'est le garçon de France qui a les meilleures manières ; quoique je sois son valet, je n'en puis dire que du bien.

MME ORONTE. Est-il poli, est-il sage ?

LA BRANCHE. S'il est sage, Madame ? il a été élevé avec la plus brillante jeunesse de Paris, tudieu ! c'est une tête bien sensée.

M. ORONTE. Et Monsieur Orgon n'est-il pas avec lui ?

LA BRANCHE. Non, Monsieur, de vives atteintes de goutte l'ont empêché de se mettre en chemin.

M. ORONTE. Le pauvre bonhomme.

LA BRANCHE. Cela l'a pris subitement la veille de notre départ. Voici une lettre qu'il vous écrit.

> *Il donne une lettre à Monsieur Oronte.*

M. ORONTE *lit le dessus.* *À Monsieur Craquet, médecin, dans la rue du Sépulcre.*

LA BRANCHE, *reprenant la lettre.* Ce n'est point cela Monsieur.

M. ORONTE, *riant.* Voilà un médecin qui loge dans le quartier de ses malades.

LA BRANCHE *tire plusieurs lettres, et en lit les adresses.* J'ai plusieurs lettres que je me suis chargé de rendre à leurs adresses. Voyons celle-ci... *(Il lit.)* À Monsieur

Bredouillet avocat au parlement rue des Mauvaises Paroles. Ce n'est point encore cela, passons à l'autre... *(Il lit.) À Monsieur Gourmandin, chanoine de...* ouais, je ne trouverai point celle que je cherche... *(Il lit.) À Monsieur Oronte...* Ah voici la lettre de Monsieur Orgon... *(Il la donne.)* Il l'a écrite d'une main si tremblante, que vous n'en reconnaîtrez pas l'écriture.

M. ORONTE. En effet elle n'est pas reconnaissable.

LA BRANCHE. La goutte est un terrible mal. Le ciel vous en veuille préserver, aussi bien que Madame Oronte, Mademoiselle Angélique, Lisette, et toute la compagnie.

M. ORONTE *lit. Je me disposais à partir avec Damis ; mais la goutte m'en a empêché. Néanmoins comme ma présence n'est point absolument nécessaire à Paris, je n'ai pas voulu que mon indisposition retardât un mariage qui fait ma plus chère envie, et toute la consolation de ma vieillesse. Je vous envoie mon fils, servez-lui de père comme à votre fille. Je trouverai bon tout ce que vous ferez.*

> *De Chartres,*
> *Votre affectionné serviteur,*
> *ORGON.*

Que je le plains !... Mais qui est ce jeune homme qui s'avance ? Ne serait-ce point Damis ?

LA BRANCHE. C'est lui-même ; qu'en dites-vous, Madame ? N'a-t-il pas un air qui prévient en sa faveur ?

Scène 9

M. ORONTE, MME ORONTE, ANGÉLIQUE, LISETTE, LA BRANCHE, CRISPIN

MME ORONTE. Il n'est pas mal fait vraiment.

CRISPIN. La Branche.

LA BRANCHE. Monsieur.

CRISPIN. Est-ce là Monsieur Oronte mon illustre
   beau-père ?

LA BRANCHE. Oui, vous le voyez en propre original.

M. ORONTE. Soyez le bienvenu, mon gendre, embras-
   sez-moi.

CRISPIN, *embrassant Monsieur Oronte.* Ma joie est
   extrême de pouvoir vous témoigner l'extrême joie
   que j'ai de vous embrasser. Voilà sans doute
   l'aimable enfant qui m'est destinée.

M. ORONTE. Non, mon gendre, c'est ma femme ;
   voici ma fille Angélique.

CRISPIN. Malepeste la jolie famille ! Je ferais volontiers
   ma femme de l'une, et ma maîtresse de l'autre.

MME ORONTE. Cela est trop galant. Il paraît avoir de
   l'esprit.

LISETTE. Et du goût même.

CRISPIN. Quel air ! quelle grâce ! quelle noble fierté !
   ventrebleu, Madame, vous êtes tout adorable, mon
   père me le disait bien, tu verras Madame Oronte,
   c'est la beauté la plus piquante.

MME ORONTE. Fi donc.

CRISPIN. La plus désag... je voudrais, dit-il, qu'elle fût
   veuve, je l'aurais bientôt épousée.

M. ORONTE, *riant.* Je lui suis, parbleu, bien obligé.

MME ORONTE. Je l'estime infiniment Monsieur votre
   père ; que je suis fâchée qu'il n'ait pu venir avec
   vous !

CRISPIN. Qu'il est mortifié de ne pouvoir être de la
   noce ! Il se promettait bien de danser la bourrée[1]
   avec Madame Oronte.

LA BRANCHE. Il vous prie d'achever promptement ce

---

1. La bourrée était une danse populaire à l'époque, comme le branle et
la gaillarde. Introduite à la cour au XVIe siècle, elle y resta à la mode
jusqu'au règne de Louis XIII. L'allusion à cette danse, rustique et passée
de mode, est déplacée ici et trahit le valet, peu au fait des coutumes bourgeoises.

mariage : car il a une furieuse impatience d'avoir
sa bru auprès de lui.

M. ORONTE. Hé, mais toutes les conditions sont arrê-
tées entre nous, et signées ; il ne reste plus qu'à terminer la chose et compter la dot.

CRISPIN. Compter la dot. Oui, c'est fort bien dit. La
Branche. Permettez que je donne une commission
à mon valet. Va chez le marquis... *(Bas.)* Va-t'en
arrêter des chevaux pour cette nuit, tu
m'entends... *(Haut.)*... et tu lui diras que je lui
baise les mains.

LA BRANCHE, *sortant.* J'y vole.

Scène 10

M. ORONTE, MME ORONTE, ANGÉLIQUE,
LISETTE, CRISPIN

M. ORONTE. Revenons à votre père, je suis très affligé
de son indisposition, mais satisfaites, je vous prie,
ma curiosité. Dites-moi un peu des nouvelles de
son procès.

CRISPIN, *d'un air inquiet.* La Branche.

M. ORONTE. Vous êtes bien ému, qu'avez-vous ?

CRISPIN, *bas.* Maugrebleu de la question... *(Haut.)*...
j'ai oublié de charger La Branche... *(Bas.)* il devait
bien me parler de ce procès-là.

M. ORONTE. Il reviendra. Hé bien ce procès a-t-il
enfin été jugé ?

CRISPIN. Oui, Dieu merci, l'affaire en est faite.

M. ORONTE. Et vous l'avez gagné ?

CRISPIN. Avec dépens[1].

M. ORONTE. J'en suis ravi, je vous assure.

MME ORONTE. Le ciel en soit loué.

CRISPIN. Mon père avait cette affaire à cœur ; il aurait

---

1. Dépens : frais d'un procès que la partie qui perd doit payer à la partie
qui gagne.

donné tout son bien aux juges plutôt que d'en
avoir le démenti.

M. ORONTE. Ma foi, cette affaire lui a bien coûté de
l'argent, n'est-ce pas ?

CRISPIN. Je vous en réponds ; mais la justice est une
si belle chose, qu'on ne saurait trop l'acheter.

M. ORONTE. J'en conviens, mais outre cela ce procès
lui a bien donné de la peine.

CRISPIN. Ah ! cela n'est pas concevable ! il avait affaire
au plus grand chicaneur, au moins raisonnable de
tous les hommes.

M. ORONTE. Qu'appelez-vous de tous les hommes ?
Il m'a dit que sa partie[1] était une femme.

CRISPIN. Oui, sa partie était une femme d'accord,
mais cette femme avait dans ses intérêts un certain
vieux Normand[2] qui lui donnait des conseils, c'est
cet homme-là qui a bien fait de la peine à mon
père... Mais changeons de discours ; laissons là les
procès, je ne veux m'occuper que de mon mariage,
et que du plaisir de voir Madame Oronte.

M. ORONTE. Hé bien, allons mon gendre, entrons, je
vais ordonner les apprêts de vos noces.

CRISPIN, *donnant la main à Madame Oronte.*
Madame ?

MME ORONTE. Vous n'êtes pas à plaindre, ma fille,
Damis a du mérite.

Scène 11

ANGÉLIQUE, LISETTE

ANGÉLIQUE. Hélas ! que vais-je devenir ?

LISETTE. Vous allez devenir femme de Monsieur
Damis, cela n'est pas difficile à deviner.

---

1. Terme juridique pour désigner l'adversaire dans un procès.   2. Les
Normands passaient pour des gens rusés, doués pour la « chicane », abu-
sant des ressources et des formalités de la justice.

ANGÉLIQUE. Ah ! Lisette, tu sais mes sentiments, montre-toi sensible à mes peines.

LISETTE, *pleurant*. La pauvre enfant !

ANGÉLIQUE. Auras-tu la dureté de m'abandonner à mon sort ?

LISETTE. Vous me fendez le cœur.

ANGÉLIQUE. Lisette, ma chère Lisette !

LISETTE. Ne m'en dites pas davantage. Je suis si touchée, que je pourrais bien vous donner quelque mauvais conseil, et je vous vois si affligée, que vous ne manqueriez pas de le suivre.

Scène 12

ANGÉLIQUE, VALÈRE, LISETTE

VALÈRE, *à part*. Crispin m'a dit de ne point paraître ici de quelques jours, qu'il méditait un stratagème ; mais il ne m'a point expliqué ce que c'est. Je ne puis vivre dans cette incertitude.

LISETTE. Valère vient.

VALÈRE. Je ne me trompe point ; c'est elle-même. Belle Angélique, de grâce, apprenez-moi vous-même ma destinée. Quel sera le fruit... Mais quoi ! vous pleurez l'une et l'autre !

LISETTE. Hé, oui, Monsieur, nous pleurons, nous nous désespérons. Votre rival est arrivé.

VALÈRE. Qu'est-ce que j'entends !

LISETTE. Et dès ce soir, il épousera ma maîtresse.

VALÈRE. Juste ciel !

LISETTE. Si du moins après son mariage, elle demeurait à Paris, passe encore ; vous pourriez quelquefois tous deux pleurer ensemble vos déplaisirs ; mais pour comble de chagrin, il faudra que vous pleuriez séparément.

VALÈRE. J'en mourrai ; mais, Lisette, qui est donc cet heureux rival qui m'enlève ce que j'ai de plus cher au monde ?

LISETTE. On le nomme Damis.

VALÈRE. Damis !

LISETTE. C'est un homme de Chartres.

VALÈRE. Je connais tout ce pays-là, et je ne sache point qu'il y ait un autre Damis que le fils de Monsieur Orgon.

LISETTE. Justement, c'est le fils de Monsieur Orgon qui est votre rival.

VALÈRE. Ah ! si nous n'avons que ce Damis à craindre, nous devons nous rassurer.

ANGÉLIQUE. Que dites-vous, Valère ?

VALÈRE. Cessons de nous affliger, charmante Angélique. Damis depuis huit jours s'est marié à Chartres.

LISETTE. Bon !

ANGÉLIQUE. Vous vous moquez, Valère. Damis est ici qui s'apprête à recevoir ma main.

LISETTE. Il est en ce moment au logis avec Monsieur et Madame Oronte.

VALÈRE. Damis est de mes amis, et il n'y a pas huit jours qu'il m'a écrit, j'ai sa lettre chez moi.

ANGÉLIQUE. Que vous mande-t-il ?

VALÈRE. Qu'il s'est marié secrètement à Chartres avec une fille de condition.

LISETTE. Marié secrètement ! oh oh ! approfondissons un peu cette affaire, il me paraît qu'elle en vaut bien la peine. Allez, Monsieur, allez quérir cette lettre, et ne perdez point de temps.

VALÈRE. Dans un moment je suis de retour.

LISETTE. Et nous, ne négligeons point cette nouvelle, je suis fort trompée si nous n'en tirons pas quelque avantage. Elle nous servira du moins à faire suspendre pour quelque temps votre mariage. Je vois venir Monsieur Oronte ; pendant que je la lui apprendrai, courez en faire part à Madame votre mère.

Scène 13

M. ORONTE, LISETTE

M. ORONTE. Valère vient de vous quitter, Lisette.

LISETTE. Oui, monsieur ; il vient de nous dire une chose qui vous surprendra sur ma parole.

M. ORONTE. Hé quoi ?

LISETTE. Par ma foi, Damis est un plaisant homme, de vouloir avoir deux femmes, pendant que tant d'honnêtes gens sont si fâchés d'en avoir une !

M. ORONTE. Explique-toi, Lisette.

LISETTE. Damis est marié, il a épousé secrètement une fille de Chartres, une fille de qualité.

M. ORONTE. Bon, cela se peut-il, Lisette ?

LISETTE. Il n'y a rien de plus véritable, Monsieur, Damis l'a mandé lui-même à Valère, qui est son ami.

M. ORONTE. Tu me contes une fable, te dis-je.

LISETTE. Non, Monsieur, je vous assure. Valère est allé quérir la lettre, il ne tiendra qu'à vous de la voir.

M. ORONTE. Encore un coup je ne puis croire ce que tu me dis.

LISETTE. Hé, Monsieur, pourquoi ne le croirez-vous pas ? Les jeunes gens ne sont-ils pas aujourd'hui capables de tout ?

M. ORONTE. Il est vrai qu'ils sont plus corrompus qu'ils ne l'étaient de mon temps.

LISETTE. Que savons-nous si Damis n'est point un de ces petits scélérats, qui ne se font point un scrupule de la pluralité des dots ? Cependant la personne qu'il a épousée étant de condition, ce mariage clandestin aura des suites qui ne seront pas fort agréables pour vous.

M. ORONTE. Ce que tu dis ne laisse pas de mériter qu'on y fasse quelque attention.

LISETTE. Comment quelque attention ? Si j'étais à votre place, avant que de livrer ma fille, je voudrais du moins être éclairci de la chose.

M. ORONTE. Tu as raison, je vois paraître le valet de Damis, il faut que je le sonde finement. Retire-toi, Lisette, et me laisse avec lui.

LISETTE, *en s'en allant*. Si cette nouvelle pouvait se confirmer.

Scène 14

M. ORONTE, LA BRANCHE

M. ORONTE. Approche, La Branche, viens çà, je te trouve une physionomie d'honnête homme.

LA BRANCHE. Oh, Monsieur, sans vanité, je suis encore plus honnête homme que ma physionomie.

M. ORONTE. J'en suis bien aise. Écoute, ton maître a la mine d'un vert galant[1].

LA BRANCHE. Tudieu, c'est un joli homme. Les femmes en sont folles. Il a un certain air libre qui les charme. Monsieur Orgon, en le mariant, assure le repos de trente familles pour le moins.

M. ORONTE. Cela étant, je ne m'étonne point qu'il ait poussé à bout une fille de qualité.

LA BRANCHE. Que dites-vous ?

M. ORONTE. Il faut, mon ami, que tu me confesses la vérité, je sais tout, je sais que Damis est marié ; qu'il a épousé une fille de Chartres.

LA BRANCHE. Ouf !

M. ORONTE. Tu te troubles, je vois qu'on m'a dit vrai, tu es un fripon.

LA BRANCHE. Moi, Monsieur ?

M. ORONTE. Oui, toi, pendard, je suis instruit de votre

---

1. Figurément et familièrement, un homme vif, alerte, vigoureux et empressé auprès des femmes.

dessein, et je prétends te faire punir comme complice d'un projet si criminel.

LA BRANCHE. Quel projet, Monsieur ! Que je meure si je comprends...

M. ORONTE. Tu feins d'ignorer ce que je veux dire, traître ; mais si tu ne me fais pas tout à l'heure un aveu sincère de toutes choses, je vais te mettre entre les mains de la justice.

LA BRANCHE. Faites tout ce qu'il vous plaira, Monsieur, je n'ai rien à vous avouer. J'ai beau donner la torture à mon esprit, je ne devine point le sujet de plaintes que vous pouvez avoir contre moi.

M. ORONTE. Tu ne veux donc pas parler. Holà quelqu'un, qu'on me fasse venir un commissaire.

LA BRANCHE. Attendez, Monsieur, point de bruit. Tout innocent que je suis, vous le prenez sur un ton qui ne laisse pas d'embarrasser mon innocence. Allons, éclaircissons-nous tous deux de sang-froid, çà, qui vous a dit que mon maître était marié ?

M. ORONTE. Qui ? il l'a mandé lui-même à un de ses amis, à Valère.

LA BRANCHE. À Valère, dites-vous ?

M. ORONTE. À Valère, oui ! Que répondras-tu à cela ?

LA BRANCHE, *riant*. Rien, parbleu, le trait est excellent ! ah ah, Monsieur Valère, vous ne vous y prenez pas mal, ma foi !

M. ORONTE. Comment, qu'est-ce que cela signifie ?

LA BRANCHE, *riant*. On nous l'avait bien dit, qu'il nous régalerait tôt ou tard d'un plat de sa façon. Il n'y a pas manqué, comme vous voyez.

M. ORONTE. Je ne vois point cela.

LA BRANCHE. Vous l'allez voir, vous l'allez voir. Premièrement ce Valère aime Mademoiselle votre fille, je vous en avertis.

M. ORONTE. Je le sais bien.

LA BRANCHE. Lisette est dans ses intérêts. Elle entre dans toutes les mesures qu'il prend, pour faire réussir sa recherche. Je vais parier que c'est elle qui vous aura débité ce mensonge-là.

M. ORONTE. Il est vrai.

LA BRANCHE. Dans l'embarras où l'arrivée de mon maître les a jetés tous deux, qu'ont-ils fait ? ils ont fait courir le bruit que Damis était marié. Valère même montre une lettre supposée qu'il dit avoir reçue de mon maître, et tout cela, vous m'entendez bien, pour suspendre le mariage d'Angélique.

M. ORONTE, *bas.* Ce qu'il dit est assez vraisemblable.

LA BRANCHE. Et pendant que vous approfondirez ce faux bruit, Lisette gagnera l'esprit de sa maîtresse, et lui fera faire quelque mauvais pas, après quoi vous ne pourrez plus la refuser à Valère.

M. ORONTE, *bas.* Hon hon, ce raisonnement est assez raisonnable.

LA BRANCHE. Mais ma foi, les trompeurs seront trompés. Monsieur Oronte est homme d'esprit, homme de tête, ce n'est point à lui qu'il faut se jouer[1].

M. ORONTE. Non, parbleu.

LA BRANCHE. Vous savez toutes les rubriques du monde, toutes les ruses qu'un amant met en usage pour supplanter son rival.

M. ORONTE. Je t'en réponds. Je vois bien que ton maître n'est point marié. Admirez un peu la fourberie de Valère ; il assure qu'il est intime ami de Damis, et je vais parier qu'ils ne se connaissent seulement pas.

LA BRANCHE. Sans doute. Malepeste, Monsieur, que vous êtes pénétrant ! comment, rien ne vous échappe.

M. ORONTE. Je ne me trompe guère dans mes conjectures. J'aperçois ton maître, je veux rire avec lui de son prétendu mariage, ah ah ah ah.

LA BRANCHE. Hé hé hé hé hé hé hé.

---

1. Attaquer inconsidérément plus fort que soi.

Scène 15

M. Oronte, La Branche, Crispin

M. Oronte, *riant.* Vous ne savez pas, mon gendre, ce
que l'on dit de vous ? que cela est plaisant ! On
m'est venu donner avis, (mais avis comme d'une
chose assurée) que vous étiez marié. Vous avez,
dit-on, épousé secrètement une fille de Chartres.
Ah ah ah ah, est-ce que vous ne trouvez pas cela
plaisant ?

La Branche, *riant, et faisant des signes à Crispin.* Hé
hé hé hé, il n'y a rien de si plaisant.

Crispin. Ho ho ho ho, cela est tout à fait plaisant.

M. Oronte. Un autre, j'en suis sûr, serait assez sot
pour donner là-dedans ; mais moi, serviteur.

La Branche. Oh diable, Monsieur Oronte est un des
plus gros génies !

Crispin. Je voudrais savoir qui peut être l'auteur d'un
bruit si ridicule.

La Branche. Monsieur dit que c'est un gentilhomme
appelé Valère.

Crispin, *faisant l'étonné.* Valère ! Qui est cet homme-
là ?

La Branche, *à Monsieur Oronte.* Vous voyez bien,
Monsieur, qu'il ne le connaît pas... *(À Crispin.)* Hé
là, c'est ce jeune homme que tu sais... que vous
savez, dis-je... qui est votre rival, à ce qu'on nous
a dit.

Crispin. Ah, oui oui, je m'en souviens : à telles
enseignes qu'on nous a dit qu'il a peu de bien, et
qu'il doit beaucoup ; mais qu'il couche en joue[1] la
fille de Monsieur Oronte, et que ses créanciers font

---

1. Viser avec une arme à feu et, ici, avoir en vue une personne sur laquelle
on a un dessein.

des vœux très ardents pour la prospérité de ce mariage.

M. ORONTE. Ils n'ont qu'à s'y attendre, vraiment, ils n'ont qu'à s'y attendre.

LA BRANCHE. Il n'est pas sot ce Valère, il n'est parbleu pas sot.

M. ORONTE. Je ne suis pas bête non plus, je ne suis palsambleu pas bête, et pour le lui faire voir, je vais de ce pas chez mon notaire ; ou plutôt Damis, j'ai une proposition à vous faire. Je suis convenu, je l'avoue, avec Monsieur Orgon de vous donner vingt mille écus en argent comptant ; mais voulez-vous prendre pour cette somme ma maison du faubourg Saint-Germain, elle m'a coûté plus de quatre-vingt mille francs à bâtir[1].

CRISPIN. Je suis homme à tout prendre ; mais entre nous, j'aimerais mieux de l'argent comptant.

LA BRANCHE. L'argent, comme vous savez, est plus portatif.

M. ORONTE. Assurément.

CRISPIN. Oui, cela se met mieux dans une valise. C'est qu'il se vend une terre auprès de Chartres, je voudrais bien l'acheter.

LA BRANCHE. Ah Monsieur, la belle acquisition ! Si vous aviez vu cette terre-là, vous en seriez charmé.

CRISPIN. Je l'aurai pour vingt-cinq mille écus, et je suis assuré qu'elle en vaut bien soixante mille.

LA BRANCHE. Du moins, Monsieur, du moins. Comment sans parler du reste, il y a deux étangs où l'on pêche chaque année pour deux mille francs de goujons[2].

M. ORONTE. Il ne faut pas laisser échapper une si belle

---

1. Les 20 000 écus prévus dans le contrat de mariage équivalent à 60 000 francs de l'époque. 60 000 francs au regard des 80 000 pour une maison dans un des plus beaux quartiers de Paris.   2. Plaisante invention de La Branche, sachant que l'expression « faire avaler le goujon à quelqu'un » signifie le faire tomber dans un piège.

occasion. Écoutez, j'ai chez mon notaire cinquante mille écus que je réservais pour acheter le château d'un certain financier qui va bientôt disparaître[1], je veux vous en donner la moitié.

CRISPIN, *embrassant Monsieur Oronte.* Ah quelle bonté, Monsieur Oronte ! Je n'en perdrai jamais la mémoire ; une éternelle reconnaissance... mon cœur... enfin j'en suis tout pénétré.

LA BRANCHE. Monsieur Oronte est le phénix[2] des beaux-pères.

M. ORONTE. Je vais vous quérir cet argent ; mais je rentre auparavant, pour donner cet avis à ma femme.

CRISPIN. Les créanciers de Valère vont se pendre.

M. ORONTE. Qu'ils se pendent ! Je veux que dans une heure vous épousiez ma fille.

CRISPIN. Ah ah ah, que cela sera plaisant !

LA BRANCHE. Oui oui, c'est cela qui sera tout à fait drôle.

Scène 16

CRISPIN, LA BRANCHE

CRISPIN. Il faut que mon maître ait eu un éclaircissement avec Angélique ; et qu'il connaisse Damis.

LA BRANCHE. Ils se connaissent si bien, qu'ils s'écrivent comme tu vois ; mais grâce à mes soins, Monsieur Oronte est prévenu contre Valère, et j'espère que nous aurons la dot en croupe[3], avant qu'il soit désabusé.

CRISPIN. Ô ciel !

---

1. Allusion aux fortunes extraordinaires, mais parfois précaires, bâties par les fermiers généraux, dits aussi « financiers », qui prétendaient au train de vie de la haute noblesse.   2. Oiseau légendaire qui vivait plusieurs siècles et brûlait puis renaissait de ses cendres. Au figuré, personne unique en son genre, supérieure aux autres.   3. Payée en espèces sonnantes et trébuchantes, la dot sera placée dans une valise, attachée sur la croupe des chevaux avec lesquels Crispin et La Branche prendront la fuite.

LA BRANCHE. Qu'as-tu, Crispin ?

CRISPIN. Mon maître vient ici.

LA BRANCHE. Le fâcheux contretemps !

Scène 17

VALÈRE, CRISPIN, LA BRANCHE

VALÈRE. Je puis avec cette lettre entrer chez Monsieur Oronte ; mais je vois un jeune homme, serait-ce Damis ? Abordons-le ; il faut que je m'éclaircisse... Juste ciel ! c'est Crispin !

CRISPIN. C'est moi-même. Que diable venez-vous faire ici ? Ne vous ai-je pas défendu d'approcher de la maison de Monsieur Oronte ? Vous allez détruire tout ce que mon industrie a fait pour vous.

VALÈRE. Il n'est pas nécessaire d'employer aucun stratagème pour moi, mon cher Crispin.

CRISPIN. Pourquoi ?

VALÈRE. Je sais le nom de mon rival, il s'appelle Damis ; je n'ai rien à craindre, il est marié.

CRISPIN. Damis marié ; tenez, Monsieur, voilà son valet que j'ai mis dans vos intérêts. Il va vous dire de ses nouvelles.

VALÈRE. Serait-il possible que Damis ne m'eût pas mandé une chose véritable ? à quel propos m'avoir écrit dans ces termes...

Il lit la lettre de Damis.

De Chartres.

Vous saurez, cher ami, que je me suis marié en cette ville ces jours passés. J'ai épousé secrètement une fille de condition. J'irai bientôt à Paris, où je prétends vous faire de vive voix tout le détail de ce mariage.

DAMIS

La Branche. Ah, Monsieur, je suis au fait. Dans le temps que mon maître vous a écrit cette lettre, il avait effectivement ébauché un mariage ; mais Monsieur Orgon, au lieu d'approuver l'ébauche, a donné une grosse somme au père de la fille, et a par ce moyen assoupi la chose.

Valère. Damis n'est donc point marié.

La Branche. Bon.

Crispin. Eh non !

Valère. Ah mes enfants j'implore votre secours. Quelle entreprise as-tu formée, Crispin ? Tu n'as pas voulu tantôt m'en instruire. Ne me laisse pas plus longtemps dans l'incertitude. Pourquoi ce déguisement ? Que prétends-tu faire en ma faveur ?

Crispin. Votre rival n'est point encore à Paris. Il n'y sera que dans deux jours. Je veux avant ce temps-là dégoûter Monsieur et Madame Oronte de son alliance.

Valère. De quelle manière ?

Crispin. En passant pour Damis. J'ai déjà fait beaucoup d'extravagances, je tiens des discours insensés, je fais des actions ridicules qui révoltent à tout moment contre moi le père et la mère d'Angélique. Vous connaissez le caractère de Madame Oronte, elle aime les louanges ; je lui dis des duretés qu'un petit-maître[1] n'oserait dire à une femme de robe[2].

Valère. Hé bien ?

Crispin. Hé bien ? je ferai et dirai tant de sottises, qu'avant la fin du jour je prétends qu'ils me chassent, et qu'ils prennent la résolution de vous donner Angélique.

Valère. Et Lisette, entre-t-elle dans ce stratagème ?

---

1. Jeune homme de cour qui se fait remarquer par un air présomptueux, de la recherche dans l'habillement et un ton avantageux avec les femmes.
2. Épouse d'un juge appartenant à la noblesse de robe, dépréciée ici par rapport à la noblesse d'épée.

CRISPIN. Oui, Monsieur, elle agit de concert avec nous.

VALÈRE. Ah ! Crispin, que ne te dois-je pas ?

CRISPIN. Demandez pour plaisir à ce garçon-là si je joue bien mon rôle.

LA BRANCHE. Ah Monsieur, que vous avez là un domestique adroit ! C'est le plus grand fourbe de Paris, il m'arrache cet éloge. Je ne le seconde pas mal à la vérité : et si notre entreprise réussit, vous ne m'aurez pas moins d'obligation qu'à lui.

VALÈRE. Vous pouvez tous deux compter sur ma reconnaissance ; je vous promets.

CRISPIN. Eh, Monsieur, laissez là les promesses, songez que si l'on vous voyait avec nous, tout serait perdu. Retirez-vous, et ne paraissez point ici d'aujourd'hui.

VALÈRE. Je me retire donc. Adieu, mes amis ; je me repose sur vos soins.

LA BRANCHE. Ayez l'esprit tranquille, Monsieur, éloignez-vous vite, abandonnez-nous votre fortune.

VALÈRE. Souvenez-vous que mon sort...

CRISPIN. Que de discours !

VALÈRE. Dépend de vous.

CRISPIN, *le repoussant.* Allez-vous-en, vous dis-je.

Scène 18

CRISPIN, LA BRANCHE

LA BRANCHE. Enfin il est parti.

CRISPIN. Je respire.

LA BRANCHE. Nous avons eu une alarme aussi chaude[1] ! Je mourais de peur que Monsieur Oronte ne nous surprît avec ton maître.

CRISPIN. C'est ce que je craignais aussi ; mais comme

---

1. Comprendre « nous avons eu une alarme aussi chaude l'un que l'autre » : La Branche, avec M. Oronte, scène 14, Crispin, avec son maître, à la scène précédente.

nous n'avions que cela à craindre, nous sommes assurés du succès de notre projet. Nous pouvons à présent choisir la route que nous avons à prendre. As-tu arrêté des chevaux pour cette nuit ?

LA BRANCHE, *regardant de loin*. Oui.

CRISPIN. Bon. Je suis d'avis que nous prenions le chemin de Flandre.

LA BRANCHE, *regardant toujours*. Le chemin de Flandre ; oui, c'est fort bien raisonné. J'opine aussi pour le chemin de Flandre.

CRISPIN. Que regardes-tu donc avec tant d'attention ?

LA BRANCHE. Je regarde... Oui... Non... ventrebleu, serait-ce lui ?

CRISPIN. Qui lui ?

LA BRANCHE. Hélas, voilà toute sa figure !

CRISPIN. La figure de qui ?

LA BRANCHE. Crispin, mon pauvre Crispin, c'est Monsieur Orgon.

CRISPIN. Le père de Damis ?

LA BRANCHE. Lui-même.

CRISPIN. Le maudit vieillard !

LA BRANCHE. Je crois que tous les diables sont déchaînés contre la dot.

CRISPIN. Il vient ici, il va entrer chez Monsieur Oronte, et tout va se découvrir.

LA BRANCHE. C'est ce qu'il faut empêcher, s'il est possible. Va m'attendre à l'auberge ; ce que je crains le plus, c'est que Monsieur Oronte ne sorte pendant que je lui parlerai.

Scène 19

M. ORGON, LA BRANCHE

M. ORGON, *à part*. Je ne sais quel accueil je vais recevoir de Monsieur et de Madame Oronte.

LA BRANCHE, *bas*. Vous n'êtes pas encore chez eux... *(Haut.)* Serviteur à Monsieur Orgon.

M. ORGON. Ah, je ne te voyais pas La Branche !

LA BRANCHE. Comment, Monsieur, c'est donc ainsi que vous surprenez les gens. Qui vous croyait à Paris ?

M. ORGON. Je suis parti de Chartres peu de temps après toi, parce que j'ai fait réflexion qu'il valait mieux que je parlasse moi-même à Monsieur Oronte, et qu'il n'était pas honnête de retirer ma parole par le ministère d'un valet.

LA BRANCHE. Vous êtes délicat sur les bienséances à ce que je vois. Si bien donc que vous allez trouver Monsieur et Madame Oronte ?

M. ORGON. C'est mon dessein.

LA BRANCHE. Rendez grâces au ciel de me rencontrer ici à propos pour vous en empêcher.

M. ORGON. Comment ? les as-tu déjà vus toi, La Branche ?

LA BRANCHE. Hé oui, morbleu, je les ai vus, je sors de chez eux. Madame Oronte est dans une colère horrible contre vous.

M. ORGON. Contre moi !

LA BRANCHE. Contre vous. Hé quoi, a-t-elle dit, Monsieur Orgon nous manque de parole, qui l'aurait cru ? Ma fille désormais ne doit plus espérer d'établissement.

M. ORGON. Quel tort cela peut-il faire à sa fille ?

LA BRANCHE. C'est ce que je lui ai répondu. Mais comment voulez-vous qu'une femme en colère entende raison ? C'est tout ce qu'elle peut faire de sens froid[1]. Elle a fait là-dessus des raisonnements bourgeois. On ne croira point dans le monde, a-t-elle dit, que Damis ait été obligé d'épouser une fille de Chartres ; on dira plutôt que Monsieur

---

1. Calme et fermeté. Est-ce là un trait lancé contre les femmes qui, même de sang-froid, c'est-à-dire dans une situation ordinaire, n'auraient pas nécessairement la capacité d'entendre raison ?

Orgon a approfondi nos biens[1], et que ne les ayant pas trouvés solides, il a retiré sa parole.

M. ORGON. Fi donc, peut-elle s'imaginer qu'on dira cela ?

LA BRANCHE. Vous ne sauriez croire jusqu'à quel point la fureur s'est emparée de ses sens. Elle a les yeux dans la tête ; elle ne connaît personne ; elle m'a pris à la gorge, et j'ai eu toutes les peines du monde à me tirer de ses griffes.

M. ORGON. Et Monsieur Oronte ?

LA BRANCHE. Oh, pour Monsieur Oronte, je l'ai trouvé plus modéré, lui, il m'a seulement donné deux soufflets.

M. ORGON. Tu m'étonnes La Branche, peuvent-ils être capables d'un pareil emportement ? Et doivent-ils trouver mauvais que j'aie consenti au mariage de mon fils ? Ne leur en as-tu pas expliqué toutes les circonstances ?

LA BRANCHE. Pardonnez-moi, je leur ai dit que Monsieur votre fils ayant commencé par où l'on finit d'ordinaire, la famille de votre bru se préparait à vous faire un procès que vous avez sagement prévenu en unissant les parties.

M. ORGON. Ils ne se sont pas rendus à cette raison ?

LA BRANCHE. Bon rendus ! Ils sont bien en état de se rendre. Si vous m'en croyez, Monsieur, vous retournerez à Chartres tout à l'heure.

M. ORGON *veut entrer chez Monsieur Oronte.* Non, La Branche, je veux les voir, et leur représenter[2] si bien les choses, que...

LA BRANCHE, *le retenant.* Vous n'entrerez pas, Monsieur, je vous assure, je ne souffrirai point que vous alliez vous faire dévisager[3]. Si vous leur voulez par-

---

1. M. Orgon a pris des renseignements sur notre fortune, a procédé à l'estimation de nos biens. 2. Exposer. 3. Déchirer le visage avec les ongles ou les griffes.

ler absolument, laissez passer leurs premiers transports.

M. ORGON. Cela est de bon sens.

LA BRANCHE. Remettez votre visite à demain. Ils seront plus disposés à vous recevoir.

M. ORGON. Tu as raison ; ils seront dans une situation moins violente. Allons, je veux suivre ton conseil.

LA BRANCHE. Cependant, Monsieur, vous ferez ce qu'il vous plaira, vous êtes le maître.

M. ORGON. Non, non, viens La Branche, je les verrai demain.

Scène 20

LA BRANCHE, *seul.*

Je marche sur vos pas, ou plutôt je vais trouver Crispin. Nous voilà pour le coup au-dessus de toutes les difficultés. Il ne me reste plus qu'un petit scrupule au sujet de la dot. Il me fâche de la partager avec un associé ; car enfin, Angélique ne pouvant être à mon maître, il me semble que la dot m'appartient de droit tout entière. Comment tromperai-je Crispin ? Il faut que je lui conseille de passer la nuit avec Angélique. Ce sera sa femme une fois. Il l'aime, et il est homme à suivre ce conseil. Pendant qu'il s'amusera à la bagatelle, je déménagerai avec le solide. Mais, non. Rejetons cette pensée. Ne nous brouillons point avec un homme qui en sait aussi long que moi. Il pourrait bien quelque jour avoir sa revanche. D'ailleurs, ce serait aller contre nos lois. Nous autres gens d'intrigue, nous nous gardons les uns aux autres une fidélité plus exacte que les honnêtes gens. Voici Monsieur Oronte qui sort de chez lui pour aller chez son notaire ; quel bonheur d'avoir éloigné d'ici Monsieur Orgon !

Scène 21

M. Oronte, Lisette

LISETTE. Je vous le dis encore, Monsieur, Valère est honnête homme, et vous devez approfondir...

M. Oronte. Tout n'est que trop approfondi, Lisette ; je sais que vous êtes dans les intérêts de Valère ; et je suis fâché que vous n'ayez pas inventé ensemble un meilleur expédient pour m'obliger à différer le mariage de Damis.

LISETTE. Quoi Monsieur, vous vous imaginez...

M. Oronte. Non, Lisette, je ne m'imagine rien. Je suis facile à tromper. Moi ! Je suis le plus pauvre génie du monde. Allez, Lisette, dites à Valère qu'il ne sera jamais mon gendre. C'est de quoi il peut assurer Messieurs ses créanciers.

Scène 22

LISETTE, _seule._

Ouais, que signifie tout ceci ? Il y a quelque chose là-dedans qui passe ma pénétration.

Scène 23

Valère, Lisette

VALÈRE, _à part._ Quoi que m'ait dit Crispin, je ne puis attendre tranquillement le succès de son artifice. Après tout, je ne sais pourquoi il m'a recommandé avec tant de soin de ne point paraître ici ; car enfin au lieu de détruire son stratagème, je pourrais l'appuyer.

LISETTE. Ah Monsieur !

VALÈRE. Hé bien Lisette ?

LISETTE. Vous avez tardé bien longtemps, où est la lettre de Damis ?

VALÈRE. La voici, mais elle nous sera inutile. Dis-moi,
   plutôt, Lisette, comment va le stratagème.

LISETTE. Quel stratagème ?

VALÈRE. Celui que Crispin a imaginé pour mon
   amour.

LISETTE. Crispin, qu'est-ce que c'est que ce Crispin ?

VALÈRE. Hé parbleu, c'est mon valet !

LISETTE. Je ne le connais pas.

VALÈRE. C'est pousser trop loin la dissimulation,
   Lisette, Crispin m'a dit que vous étiez tous deux
   d'intelligence.

LISETTE. Je ne sais ce que vous voulez dire, Monsieur.

VALÈRE. Ah c'en est trop ; je perds patience, je suis
   au désespoir.

Scène 24

MME ORONTE, ANGÉLIQUE, VALÈRE, LISETTE

MME ORONTE. Je suis bien aise de vous trouver,
   Valère, pour vous faire des reproches. Un galant
   homme doit-il supposer des lettres[1] ?

VALÈRE. Supposer moi, Madame ! Qui peut m'avoir
   rendu un si mauvais office[2] auprès de vous ?

LISETTE. Hé Madame, Monsieur Valère n'a rien supposé, il y a de la manigance dans cette affaire...
   mais voici Monsieur Oronte qui revient ; Monsieur Orgon est avec lui. Nous allons tout découvrir.

---

1. Inventer le stratagème de fausses lettres.   2. Qui peut m'avoir rendu
un si mauvais service...

Scène 25

M. Oronte, M. Orgon, Valère,
Mme Oronte, Angélique, Lisette

M. Oronte. Il y a de la friponnerie là-dedans, Monsieur Orgon.

M. Orgon. C'est ce qu'il faut éclaircir, Monsieur Oronte.

M. Oronte. Madame, je viens de rencontrer Monsieur Orgon en allant chez mon notaire ; il vient, dit-il, à Paris pour retirer sa parole, Damis est effectivement marié.

M. Orgon. Il est vrai, Madame et quand vous saurez toutes les circonstances de ce mariage, vous excuserez...

M. Oronte. Monsieur Orgon n'a pu se dispenser d'y consentir ; mais ce que je ne comprends pas, c'est qu'il assure que son fils est actuellement à Chartres.

M. Orgon. Sans doute.

Mme Oronte. Cependant il y a ici un jeune homme qui se dit votre fils.

M. Orgon. C'est un imposteur.

M. Oronte. Et La Branche ce même valet qui était ici avec vous il y a quinze jours, l'appelle son maître.

M. Orgon. La Branche, dites-vous ? Ah le pendard ! Je ne m'étonne plus s'il m'a tout à l'heure empêché d'entrer chez vous. Il m'a dit que vous étiez tous deux dans une colère épouvantable contre moi, et que vous l'aviez maltraité lui.

Mme Oronte. Le menteur !

Lisette, *bas.* Je vois l'enclouure[1], ou peu s'en faut.

Valère, *bas.* Mon traître se serait-il joué de moi ?

---

1. Terme de vétérinaire : blessure faite au pied d'un cheval par les clous qui fixent le fer. Au figuré, enclouure signifie empêchement, obstacle, nœud d'une difficulté.

M. Oronte. Nous allons approfondir cela, car les
　　voici tous deux.

Scène 26

M. Oronte, Mme Oronte, M. Orgon, Valère,
Angélique, Lisette, Crispin, La Branche

Crispin. Hé bien, Monsieur Oronte, tout est-il prêt ?
　　Notre mariage... ouf ! qu'est-ce que je vois ?

La Branche. Ahi, nous sommes découverts, sauvons-
　　nous.

　　Ils veulent se retirer, mais Valère court à eux et les
　　arrête.

Valère. Oh vous ne nous échapperez pas, Messieurs
　　les marauds, et vous serez traités comme vous le
　　méritez.

　　Valère met la main sur l'épaule de Crispin. Monsieur
　　Oronte et Monsieur Orgon se saisissent de La Branche.

M. Oronte. Ah ah, nous vous tenons, fourbes.

M. Orgon, *à La Branche.* Dis-nous méchant. Qui est
　　cet autre fripon que tu fais passer pour Damis ?

Valère. C'est mon valet.

Mme Oronte. Un valet, juste ciel, un valet.

Valère. Un perfide qui me fait accroire qu'il est dans
　　mes intérêts, pendant qu'il emploie pour me trom-
　　per le plus noir de tous les artifices.

Crispin. Doucement, Monsieur, doucement, ne
　　jugeons point sur les apparences.

M. Orgon, *à La Branche.* Et toi, coquin, voilà donc
　　comme tu fais les commissions que je te donne.

La Branche. Allons, Monsieur, allons bride en main,
　　s'il vous plaît, ne condamnons point les gens sans
　　les entendre.

M. Orgon. Quoi ! tu voudrais soutenir que tu n'es
　　pas un maître fripon.

LA BRANCHE, *d'un ton pleureur*. Je suis un fripon, fort
bien. Voyez les douceurs qu'on s'attire en servant
avec affection.

VALÈRE, *à Crispin*. Tu ne demeureras pas d'accord
non plus toi, que tu es un fourbe, un scélérat ?

CRISPIN, *d'un ton emporté*. Scélérat, fourbe, que
diable, Monsieur, vous me prodiguez des épithètes
qui ne me conviennent point du tout.

VALÈRE. Nous aurons encore tort de soupçonner
votre fidélité, traîtres !

M. ORONTE. Que direz-vous pour vous justifier, misérables ?

LA BRANCHE. Tenez, voilà Crispin, qui va vous tirer
d'erreur.

CRISPIN. La Branche vous expliquera la chose en deux
mots.

LA BRANCHE. Parle, Crispin, fais-leur voir notre innocence.

CRISPIN. Parle toi-même, La Branche, tu les auras
bientôt désabusés.

LA BRANCHE. Non non, tu débrouilleras mieux le fait.

CRISPIN. Hé bien, Messieurs, je vais vous dire la chose
tout naturellement. J'ai pris le nom de Damis,
pour dégoûter par mon air ridicule Monsieur et
Madame Oronte de l'alliance de Monsieur Orgon,
et les mettre par là dans une disposition favorable
pour mon maître ; mais au lieu de les rebuter par
mes manières impertinentes, j'ai eu le malheur de
leur plaire, ce n'est pas ma faute, une fois.

M. ORONTE. Cependant si on t'avait laissé faire, tu
aurais poussé la feinte jusqu'à épouser ma fille.

CRISPIN. Non, Monsieur, demandez à La Branche,
nous venions ici vous découvrir tout.

VALÈRE. Vous ne sauriez donner à votre perfidie des
couleurs qui puissent nous éblouir ; puisque
Damis est marié, il était inutile que Crispin fît le
personnage qu'il a fait.

CRISPIN. Hé bien, Messieurs, puisque vous ne voulez pas nous absoudre comme innocents, faites-nous donc grâce comme à des coupables. Nous implorons votre bonté.

Il se met à genoux devant Monsieur Oronte.

LA BRANCHE, *se mettant aussi à genoux*. Oui, nous avons recours à votre clémence.

CRISPIN. Franchement la dot nous a tentés. Nous sommes accoutumés à faire des fourberies, pardonnez-nous celle-ci à cause de l'habitude.

M. ORONTE. Non, non, votre audace ne demeurera point impunie.

LA BRANCHE. Eh, Monsieur, laissez-vous toucher, nous vous en conjurons par les beaux yeux de Madame Oronte.

CRISPIN. Par la tendresse que vous devez avoir pour une femme si charmante.

MME ORONTE. Ces pauvres garçons me font pitié, je demande grâce pour eux.

LISETTE, *bas*. Les habiles fripons que voilà !

M. ORGON. Vous êtes bien heureux, pendards, que Madame Oronte intercède pour vous.

M. ORONTE. J'avais grande envie de vous faire punir, mais puisque ma femme le veut, oublions le passé ; aussi bien je donne aujourd'hui ma fille à Valère, il ne faut songer qu'à se réjouir... *(Aux valets :)* on vous pardonne donc ; et même si vous voulez me promettre que vous vous corrigerez, je serai encore assez bon pour me charger de votre fortune.

CRISPIN, *se relevant*. Oh, Monsieur, nous vous le promettons.

LA BRANCHE, *se relevant*. Oui, Monsieur, nous sommes si mortifiés de n'avoir pas réussi dans notre entreprise, que nous renonçons à toutes les fourberies.

M. Oronte. Vous avez de l'esprit, mais il en faut faire
   un meilleur usage, et pour vous rendre honnêtes
   gens, je veux vous mettre tous deux dans les
   affaires. J'obtiendrai pour toi La Branche une
   bonne commission[1].

La Branche. Je vous réponds, Monsieur, de ma
   bonne volonté.

M. Oronte. Et pour le valet de mon gendre, je lui
   ferai épouser la filleule d'un sous-fermier[2] de mes
   amis.

Crispin. Je tâcherai, Monsieur, de mériter par ma
   complaisance toutes les bontés du parrain.

M. Oronte. Ne demeurons pas ici plus longtemps.
   Entrons, j'espère que Monsieur Orgon voudra
   bien honorer de sa présence les noces de ma fille.

M. Orgon. J'y veux danser avec Madame Oronte.

Monsieur Orgon donne la main à Madame Oronte, et
Valère à Angélique.

FIN.

---

1. Emploi subalterne que l'on exerce en tant que commis, dans les
finances ou auprès des tribunaux. Peut-être ici pour le compte d'un fermier général.   **2.** Dépendant d'un fermier général, il a la charge du
recouvrement des impôts.

TURCARET
Comédie

Note sur l'établissement du texte

Plutôt que l'édition originale de *Turcaret*, publiée
en 1709 à Paris chez Pierre Ribou, nous avons
retenu ici la seconde édition de la pièce, proposée
en 1735 par la veuve de Pierre Ribou. Sans chan-
gements notables par rapport à l'édition originale,
cette seconde édition corrige toutefois ponctuellement une typographie fautive. Nous avons par
ailleurs préféré l'édition de 1735 à celle de 1739
(*Turcaret* figure dans le second tome du *Recueil des
pièces mises au Théâtre Français par M. Lesage*, en
deux volumes publiés en 1739 à Paris par Jacques
Barois fils) qui comporte un certain nombre de
coupes manifestement opérées par souci de conve-
nance : l'exemple le plus frappant en est la suppression du moment culminant de la fureur destructrice
de M. Turcaret (II, 3) qui a dû être jugé d'un
comique trop bas.

Afin de faciliter l'accès à l'œuvre, et en vertu d'une
pratique aujourd'hui courante, l'orthographe a été
modernisée ; la ponctuation, en revanche, est restée
au plus près de la ponctuation d'origine, sauf
lorsqu'elle est manifestement fautive. Ce retour à la
source du texte peut ménager quelques surprises.
Ainsi la première réplique de la pièce, prononcée par
Marine à l'intention de la Baronne, n'est pas une
exclamation mais bien une interrogation (« Encore
hier deux cents pistoles ? ») : de telle sorte que le lec-

teur, comme le spectateur de l'époque, se voit pro-
jeté *in media res*, au cœur d'une fable où le pouvoir
de la parole inquisitrice revient à la suivante et non
à la maîtresse.

Nous avons de même, et toujours en conformité
avec les éditions anciennes, renoncé aux guillemets
pour signaler une parole rapportée afin de ne pas priver le lecteur d'une piquante pluralité d'interpréta-
tions ; ainsi la réplique de Frontin : « Il ne s'agit que
de mille écus une fois ; Monsieur Turcaret a bon dos,
il portera bien encore cette charge-là » (I,2) peut être
à la fois une phrase rapportée de la conversation que
Frontin a eue la veille avec le Chevalier, et une déclaration à l'intention de la Baronne, déclaration dont
la crudité et l'impertinence sont caractéristiques du
valet...

Dans l'édition de 1735, des italiques permettent
au lecteur d'identifier les textes lus à haute voix par
un personnage : la lettre du Chevalier (I,2) et le quatrain de M. Turcaret (I,5). Par souci d'harmonisa-
tion, nous avons maintenu cette convention tout au
long de la lecture que M. Furet fait d'un acte juridique (IV,7).

Enfin se posait la question de la place à donner à
la *Critique de la comédie de* Turcaret *par le Diable boiteux*. Ce dialogue en deux parties, qui met en scène
deux personnages du roman de Lesage *Le Diable boiteux* — Don Cléofas et Asmodée —, fut d'abord
imprimé, en 1709 et en 1735, la première partie en
tête de la pièce, et la seconde partie à la suite de la
pièce[1] ; dans l'édition de 1739, les deux parties de la
Critique sont réunies à la suite de la pièce ; plus tard

---

1. L'exemplaire de l'édition de *Turcaret* de 1709 appartenant au fonds de
la Bibliothèque Musée de la Comédie-Française présente la particularité
de donner la *Critique* et sa continuation avant la pièce elle-même, vraisemblablement une erreur de reliure due au fait que ni la *Critique* ni la continuation ne sont paginées en 1709.

dans le siècle (1752, 1760, 1783, 1786), la *Critique* sera purement et simplement supprimée des éditions. Devions-nous, sans autre réflexion, adopter le parti de notre édition de référence ? Nous pensons que non. Conçue comme un ensemble qui comprend un prologue et un épilogue apologétiques, la *Critique* est truffée d'allusions à l'œuvre romanesque de Lesage, au paysage théâtral de l'époque et aux conditions particulières de la création de *Turcaret* à la Comédie-Française en 1709. Ce texte avait pour finalité de porter sur la scène publique la polémique suscitée par la pièce, alors vivement attaquée. Mais ne devient-il pas, pour le lecteur d'aujourd'hui, un obstacle ? De plus, comment apprécier la saveur comique et la charge virulente de la *Critique,* comment en décrypter toutes les finesses, sans une connaissance préalable de la pièce de Lesage[1] ? Le souci de ménager au lecteur un accès immédiat à *Turcaret,* nous a incitée à proposer la *Critique de la comédie de* Turcaret *par le Diable boiteux* à la suite de la pièce, les deux parties réunies.

---

1. Par ailleurs, il n'est pas avéré que la *Critique* ait effectivement été jouée en 1709. Les Frères Parfaict, célèbres historiens du théâtre du temps, assurent que les premières représentations de la pièce ont été précédées d'un « Prologue » et terminées par « la suite du Dialogue », mais que cette pratique a été abandonnée à la reprise de la pièce en 1730. Or la distribution des rôles de Don Cléofas et d'Asmodée ne figure pas sur les Registres de la Comédie-Française pour l'année 1709, alors que tous les rôles de la pièce elle-même sont distribués avec précision. D'après ces Registres encore, il faudrait attendre 1872 pour que *Turcaret* soit représenté accompagné de sa *Critique.*

Acteurs

LA BARONNE, *jeune veuve Coquette*[1].

M. TURCARET, *Traitant*[2], amoureux de la Baronne.

LE CHEVALIER } *Petits-Maîtres*[3]
LE MARQUIS

MME TURCARET, *femme de Monsieur Turcaret.*

MME JACOB, *Revendeuse à la Toilette*[4] *et sœur de Monsieur Turcaret.*

M. RAFLE, *Commis*[5].

MARINE } *Suivantes de la Baronne.*
LISETTE

FRONTIN, *Valet du Chevalier.*

FLAMAND, *Valet de Monsieur Turcaret.*

M. FURET, *Fourbe.*

JASMIN, *petit Laquais de la Baronne.*

La scène est à Paris, chez la Baronne.

---

1. La Coquette : un des emplois féminins type dans la comédie. Femme qui fait la galante, qui cherche à plaire, à inspirer de l'amour.   2. Également appelé financier ou fermier général. Il a la charge du recouvrement des impôts ou taxes indirectes, à certaines conditions réglées par un « traité » avec le roi.   3. Jeunes hommes de cour qui se font remarquer par un air présomptueux, de la recherche dans l'habillement et un ton avantageux avec les femmes. Un des emplois masculins type de la comédie.   4. Femme qui porte dans les maisons des vêtements, des bijoux, qu'elle est chargée de vendre ou de revendre.   5. Employé travaillant pour le compte d'un traitant.

ACTE I

Scène première

La Baronne, Marine

Marine. Encore hier deux cents pistoles[1] ?

La Baronne. Cesse de me reprocher...

Marine. Non, Madame, je ne puis me taire, votre conduite est insupportable.

La Baronne. Marine...

Marine. Vous mettez ma patience à bout.

La Baronne. Hé ! comment veux-tu donc que je fasse ? suis-je femme à thésauriser[2] ?

Marine. Ce serait trop exiger de vous ; et cependant je vous vois dans la nécessité de le faire.

La Baronne. Pourquoi ?

Marine. Vous êtes veuve d'un colonel étranger, qui a été tué en Flandres l'année passée[3]. Vous aviez déjà mangé le petit douaire[4] qu'il vous avait laissé en partant, et il ne vous restait plus que vos

---

1. Monnaie d'or étrangère, d'Espagne ou d'Italie ; une pistole vaut dix livres ou dix francs de l'époque. Voir, de même que pour toutes les autres mentions d'argent dans la pièce, le document relatif aux monnaies à la fin du volume. **2.** Amasser des trésors, épargner. **3.** Allusion probable à la défaite française d'Audenarde, en Flandre-Orientale (en Belgique aujourd'hui), qui fut, en 1708, un épisode important de la guerre de Succession d'Espagne. Le duc de Vendôme fut battu à Audenarde par le général anglais Marlborough et le Prince Eugène de Savoie, qui envahirent la Belgique et le Nord de la France. L'année suivante (1709), c'est le maréchal Villars qui fut battu par les mêmes à la bataille de Malplaquet (Nord de la France) en infligeant toutefois de lourdes pertes aux troupes ennemies, incapables de poursuivre leur invasion. **4.** Biens que le mari donne à sa femme lors du mariage pour qu'elle en jouisse si elle lui survit.

meubles, que vous auriez été obligée de vendre, si la fortune propice[1] ne vous eût fait faire la précieuse conquête de Monsieur Turcaret le traitant[2]. Cela n'est-il pas vrai, Madame ?

LA BARONNE. Je ne dis pas le contraire.

MARINE. Or ce Monsieur Turcaret, qui n'est pas un homme fort aimable, et qu'aussi vous n'aimez guère, quoique vous ayez dessein de l'épouser, comme il vous l'a promis ; Monsieur Turcaret, dis-je, ne se presse pas de vous tenir parole, et vous attendez patiemment qu'il accomplisse sa promesse, parce qu'il vous fait tous les jours quelque présent considérable ; je n'ai rien à dire à cela. Mais ce que je ne puis souffrir, c'est que vous soyez coiffée[3] d'un petit chevalier joueur, qui va mettre à la réjouissance[4] les dépouilles[5] du traitant. Hé ? que prétendez-vous faire de ce chevalier ?

LA BARONNE. Le conserver pour ami. N'est-il pas permis d'avoir des amis ?

MARINE. Sans doute, et de certains amis encore dont on peut faire son pis-aller. Celui-ci, par exemple, vous pourriez fort bien l'épouser, en cas que Monsieur Turcaret vînt à vous manquer[6]. Car il n'est pas de ces chevaliers qui sont consacrés au célibat, et obligés de courir au secours de Malte[7]. C'est un

---

1. Un heureux hasard, la chance.   2. Voir la note 2 dans la liste des personnages.   3. Au sens figuré et familier : s'enticher.   4. Terme lié au jeu du lansquenet, sorte de jeu de hasard qu'on joue avec des cartes. 5. Toute chose dont on s'empare au détriment d'autrui ; tout ce que l'on prend à l'ennemi après la victoire.   6. À ne pas tenir sa parole. 7. Les Chevaliers de Malte, encore appelés « Hospitaliers de Saint-Jean-de-Jérusalem », faisaient vœu de chasteté, d'obéissance et de pauvreté. Ils s'installèrent à Malte à partir de 1530 où ils fortifièrent l'archipel pour parer à toute éventuelle attaque turque.

chevalier de Paris, il fait ses caravanes[1] dans les lansquenets[2].

LA BARONNE. Oh ! je le crois un fort honnête homme.

MARINE. J'en juge tout autrement. Avec ses airs passionnés, son ton radouci, sa face minaudière, je le crois un grand comédien ; et ce qui me confirme dans mon opinion, c'est que Frontin, son bon valet Frontin ne m'en a pas dit le moindre mal.

LA BARONNE. Le préjugé est admirable ! Et tu conclus de là...

MARINE. Que le maître et le valet sont deux fourbes qui s'entendent pour vous duper ; et vous vous laissez surprendre à leurs artifices, quoiqu'il y ait déjà du temps que vous les connaissez. Il est vrai que depuis votre veuvage il a été le premier à vous offrir brusquement sa foi[3], et cette façon de sincérité l'a tellement établi chez vous, qu'il dispose de votre bourse comme de la sienne.

LA BARONNE. Il est vrai que j'ai été sensible aux premiers soins[4] du Chevalier. J'aurais dû, je l'avoue, l'éprouver avant que de lui découvrir mes sentiments, et je conviendrai de bonne foi que tu as peut-être raison de me reprocher tout ce que je fais pour lui.

MARINE. Assurément, et je ne cesserai point de vous tourmenter que vous ne l'ayez chassé de chez vous ; car enfin, si cela continue, savez-vous ce qui en arrivera ?

---

1. Campagnes que les Chevaliers de Malte sont obligés de faire sur mer pour s'acquitter du service qu'ils doivent à leur Ordre, à la fois religieux et militaire. Au sens figuré et familièrement, « faire ses caravanes » signifie aussi : mener une vie dissolue.   **2.** Désigne les lieux dans lesquels on jouait le lansquenet, tout en faisant allusion à l'autre sens du mot, déjà ancien au XVIIIᵉ siècle : « fantassin allemand servant en France comme mercenaire ». Marine joue coup sur coup sur le double sens de « faire ses caravanes » et « lansquenets » pour exprimer, non sans ironie, la piètre opinion qu'elle a du chevalier.   **3.** Déclarer sa flamme.   **4.** Aux premières attentions, aux premières marques d'intérêt.

LA BARONNE. Hé quoi ?

MARINE. Monsieur Turcaret saura que vous voulez
conserver le Chevalier pour ami, et il ne croit pas
lui qu'il soit permis d'avoir des amis ; il cessera de
vous faire des présents, et il ne vous épousera
point ; et si vous êtes réduite à épouser le Chevalier, ce sera un fort mauvais mariage pour l'un et
pour l'autre.

LA BARONNE. Tes réflexions sont judicieuses, Marine,
je veux songer à en profiter.

MARINE. Vous ferez bien, il faut prévoir l'avenir. Envi-
sagez dès à présent un établissement solide[1], pro-
fitez des prodigalités de Monsieur Turcaret en
attendant qu'il vous épouse. S'il y manque, à la
vérité, on en parlera un peu dans le monde : mais
vous aurez pour vous en dédommager de bons
effets[2], de l'argent comptant, des bijoux, de bons
billets au porteur[3], des contrats de rente[4] ; et vous
trouverez alors quelque gentilhomme capricieux
ou mal aisé[5], qui réhabilitera votre réputation par
un bon mariage.

LA BARONNE. Je cède à tes raisons, Marine, je veux me
détacher du Chevalier avec qui je sens bien que je
me ruinerais à la fin.

MARINE. Vous commencez à entendre raison. C'est
là le bon parti. Il faut s'attacher à Monsieur Turcaret pour l'épouser ou pour le ruiner. Vous tire-
rez du moins des débris de sa fortune de quoi vous
mettre en équipage[6], de quoi soutenir dans le
monde une figure brillante ; et quoi que l'on puisse
dire, vous lasserez les caquets, vous fatiguerez la

---

1. Une situation sûre.   2. Comprendre « lettres de change ».
3. Billets de monnaie payables au porteur : promesse écrite par laquelle
on s'oblige à payer, ou faire payer, une certaine somme à celui qui détient
le billet.   4. Promesse écrite de verser un revenu annuel.   5. Fan-
tasque ou sans fortune.   6. De quoi vous assurer un grand train de vie.

médisance, et l'on s'accoutumera insensiblement
à vous confondre avec les femmes de qualité[1].

LA BARONNE. Ma résolution est prise, je veux bannir
de mon cœur le Chevalier. C'en est fait, je ne
prends plus de part à sa fortune, je ne réparerai
plus ses pertes, il ne recevra plus rien de moi.

MARINE. Son valet vient, faites-lui un accueil glacé ;
commencez par là ce grand ouvrage que vous
méditez.

LA BARONNE. Laisse-moi faire.

Scène 2

LA BARONNE, MARINE, FRONTIN

FRONTIN. Je viens de la part de mon maître et de la
mienne, Madame, vous donner le bon jour.

LA BARONNE, *d'un air froid.* Je vous en suis obligée,
Frontin.

FRONTIN. Et Mademoiselle Marine veut bien aussi
qu'on prenne la liberté de la saluer.

MARINE, *d'un air brusque.* Bon jour et bon an[2].

FRONTIN, *présentant un billet à la Baronne.* Ce billet
que Monsieur le Chevalier vous écrit, vous ins-
truira, Madame, de certaine aventure...

MARINE, *bas à la Baronne.* Ne le recevez pas.

LA BARONNE, *prenant le billet.* Cela n'engage à rien,
Marine, voyons, voyons ce qu'il me demande.

MARINE. Sotte curiosité !

LA BARONNE, *lit. Je viens de recevoir le portrait[3] d'une*

---

1. Ambiguïté de l'expression voulue par l'auteur. Faut-il entendre
« femme d'une conduite irréprochable » ou « femme de la noblesse »,
sens qui jette un doute sur l'authenticité du titre de la Baronne ?
2. Expression familière pour saluer les personnes la première fois qu'on
les voit dans les premiers jours de l'année. Expression colorée ici d'ironie
puisqu'il ne se passe apparemment pas un jour sans que Frontin ne vienne,
pour le compte du Chevalier, chez la Baronne.   3. Ledit portrait est
un portrait miniature dont le don à la personne aimée valait gage d'amour.

comtesse, je vous l'envoie et vous le sacrifie[1]. Mais vous ne devez point me tenir compte de ce sacrifice, ma chère Baronne. Je suis si occupé, si possédé de vos charmes, que je n'ai pas la liberté de vous être infidèle. Pardonnez, mon adorable, si je ne vous en dis pas davantage, j'ai l'esprit dans un accablement mortel. J'ai perdu cette nuit tout mon argent, et Frontin vous dira le reste.

LE CHEVALIER.

MARINE. Puisqu'il a perdu tout son argent, je ne vois pas qu'il y ait du reste à cela.

FRONTIN. Pardonnez-moi ; outre les deux cents pistoles que Madame eut la bonté de lui prêter hier, et le peu d'argent qu'il avait d'ailleurs, il a encore perdu mille écus[2] sur sa parole : voilà le reste. Oh diable il n'y a pas un mot inutile dans les billets de mon maître.

LA BARONNE. Où est le portrait ?

FRONTIN, *donnant le portrait*. Le voici.

LA BARONNE. Il ne m'a point parlé de cette comtesse-là, Frontin.

FRONTIN. C'est une conquête, Madame, que nous avons faite sans y penser. Nous rencontrâmes l'autre jour cette comtesse dans un lansquenet[3].

MARINE. Une comtesse de lansquenet.

FRONTIN. Elle agaça[4] mon maître, il répondit pour rire à ses minauderies. Elle qui aime le sérieux, a pris la chose fort sérieusement. Elle nous a ce

---

Un grand nombre de ces miniatures fleurira dans les comédies de la première moitié du XVIIIe siècle et notamment chez Marivaux.
1. « Sacrifier quelque chose à quelqu'un » pour dire : se priver de quelque chose de considérable, d'agréable ; y renoncer pour l'amour de quelqu'un. 2. L'écu d'argent est une monnaie qui vaut trois livres ou trois francs de l'époque (voir, comme pour toutes les autres mentions d'argent dans la pièce, le document sur les monnaies à la fin du volume).
3. Voir note 2 page 95. 4. Attira l'attention par des regards, des manières attrayantes ; aguicha.

matin envoyé son portrait. Nous ne savons pas seulement son nom.

MARINE. Je vais parier que cette comtesse-là est quelque dame normande[1]. Toute sa famille bourgeoise[2] se cotise pour lui faire tenir à Paris une petite pension, que les caprices du jeu augmentent ou diminuent.

FRONTIN. C'est ce que nous ignorons.

MARINE. Ho que non ! Vous ne l'ignorez pas. Peste, vous n'êtes pas gens à faire sottement des sacrifices. Vous en connaissez bien le prix.

FRONTIN. Savez-vous bien, Madame, que cette dernière nuit a pensé être[3] une nuit éternelle pour Monsieur le Chevalier ? En arrivant au logis, il se jette dans un fauteuil, il commence par se rappeler les plus malheureux coups du jeu, assaisonnant ses réflexions d'épithètes et d'apostrophes énergiques[4].

LA BARONNE, *regardant le portrait.* Tu as vu cette comtesse, Frontin ? N'est-elle pas plus belle que son portrait ?

FRONTIN. Non, Madame, et ce n'est pas, comme vous voyez, une beauté régulière[5] ; mais elle est assez piquante[6], ma foi, elle est assez piquante. Or je voulus d'abord représenter[7] à mon maître que tous ses jurements étaient des paroles perdues ; mais

---

1. Allusion à la mauvaise réputation des Normands qui passent à l'époque pour être des gens rusés, auxquels on ne peut se fier.   2. Se dit par opposition à noble. Par dénigrement, celui qui n'a aucun usage des manières du monde.   3. A failli être.   4. Dans cette réplique, Lesage place dans la bouche de Frontin la description parodique d'une scène de type tragique.   5. La régularité (ici, la juste proportion entre les traits du visage ; en architecture, la symétrie des bâtiments ; dans la composition d'une pièce de théâtre, le respect des règles) est une valeur centrale de l'esthétique classique.   6. Se dit en parlant d'une jeune personne vive, dont la figure et la physionomie plaisent et touchent. L'épithète « piquante » relève plutôt de l'esthétique rococo, en opposition à l'idéal de grandeur classique.   7. Faire valoir à mon maître, le convaincre.

considérant que cela soulage un joueur désespéré, je le laissai s'égayer[1] dans ses apostrophes.

LA BARONNE, *regardant toujours le portrait.* Quel âge a-t-elle, Frontin ?

FRONTIN. C'est ce que je ne sais pas trop bien ; car elle a le teint si beau que je pourrais m'y tromper d'une bonne vingtaine d'années.

MARINE. C'est-à-dire qu'elle a pour le moins cinquante ans.

FRONTIN. Je le croirais bien, car elle en paraît trente. Mon maître donc après avoir bien réfléchi, s'abandonne à la rage ; il demande ses pistolets.

LA BARONNE. Ses pistolets, Marine, ses pistolets !

MARINE. Il ne se tuera point, Madame, il ne se tuera point.

FRONTIN. Je les lui refuse, aussitôt il tire brusquement son épée.

LA BARONNE. Ah ! il s'est blessé, Marine, assurément.

MARINE. Hé non non, Frontin l'en aura empêché.

FRONTIN. Oui, je me jette sur lui à corps perdu. Monsieur le Chevalier, lui dis-je, qu'allez-vous faire ? vous passez les bornes de la douleur du lansquenet. Si votre malheur vous fait haïr le jour, conservez-vous du moins, vivez pour votre aimable Baronne ; elle vous a jusqu'ici tiré généreusement de tous vos embarras : et soyez sûr, ai-je ajouté seulement pour calmer sa fureur[2], qu'elle ne vous laissera point dans celui-ci.

MARINE, *bas.* L'entend-il, le maraud[3] !

FRONTIN. Il ne s'agit que de mille écus une fois[4] ; Monsieur Turcaret a bon dos, il portera bien encore cette charge-là.

LA BARONNE. Hé bien, Frontin ?

FRONTIN. Hé bien, Madame, à ces mots, admirez le

1. Donner libre cours à... 2. Égarement, folie. 3. Comme il s'y prend bien, le maraud ! 4. Une fois pour toutes, une dernière fois.

pouvoir de l'espérance ! il s'est laissé désarmer comme un enfant, il s'est couché et s'est endormi.

MARINE. Le pauvre Chevalier[1].

FRONTIN. Mais ce matin, à son réveil, il a senti renaître ses chagrins ; le portrait de la Comtesse ne les a point dissipés. Il m'a fait partir sur-le-champ pour venir ici, et il attend mon retour pour disposer de son sort. Que lui dirai-je, Madame ?

LA BARONNE. Tu lui diras, Frontin, qu'il peut toujours faire fonds sur moi[2], et que n'étant point en argent comptant...

Elle veut retirer son diamant.

MARINE, *la retenant.* Hé, Madame, y songez-vous ?

LA BARONNE, *remettant son diamant.* Tu lui diras que je suis touchée de son malheur.

MARINE. Et que je suis de mon côté très fâchée de son infortune.

FRONTIN. Ah ! qu'il sera fâché lui... (*Bas.*) : Maugrebleu de la soubrette.

LA BARONNE. Dis-lui bien, Frontin, que je suis sensible à ses peines.

MARINE. Que je sens vivement son affliction, Frontin.

FRONTIN. C'en est donc fait, Madame, vous ne verrez plus Monsieur le Chevalier : la honte de ne pouvoir payer ses dettes va l'écarter de vous pour jamais ; car rien n'est plus sensible pour un enfant de famille[3]. Nous allons tout à l'heure prendre la poste[4].

LA BARONNE. Prendre la poste, Marine !

---

1. Marine fait écho à la célèbre réplique d'Orgon dans *Tartuffe* de Molière « Le pauvre homme ! », répétée quatre fois (I, 5), alors qu'il n'y a évidemment aucune raison de s'apitoyer sur le sort de celui qui « dans son lit bien chaud [...] se mit tout soudain / Où sans trouble il dormit jusques au lendemain ». **2.** Me prendre pour caution, compter sur moi. **3.** Un enfant d'une famille noble. **4.** Voyager avec des chevaux de poste, la poste étant un établissement de chevaux placé de distance en distance pour le service des voyageurs.

MARINE. Ils n'ont pas de quoi la payer.

FRONTIN. Adieu, Madame.

LA BARONNE, *tirant son diamant.* Attends, Frontin.

MARINE. Non, non, va-t'en vite lui faire réponse.

LA BARONNE, *donnant le diamant à Frontin.* Oh je ne puis me résoudre à l'abandonner. Tiens, voilà un diamant de cinq cents pistoles que Monsieur Turcaret m'a donné ; va le mettre en gage, et tire ton maître de l'affreuse situation où il se trouve.

FRONTIN. Je vais le rappeler à la vie. Je lui rendrai compte, Marine, de l'excès de ton affliction.

Il sort.

MARINE. Ah ! que vous êtes tous deux bien ensemble, messieurs les fripons !

Scène 3

LA BARONNE, MARINE

LA BARONNE. Tu vas te déchaîner contre moi, Marine, t'emporter...

MARINE. Non, Madame, je ne m'en donnerai pas la peine, je vous assure. Hé que m'importe après tout que votre bien s'en aille comme il vient ? Ce sont vos affaires, Madame, ce sont vos affaires.

LA BARONNE. Hélas ! je suis plus à plaindre qu'à blâmer ; ce que tu me vois faire n'est point l'effet d'une volonté libre, je suis entraînée par un penchant si tendre, que je ne puis y résister.

MARINE. Un penchant tendre ! Ces faiblesses vous conviennent-elles ? Hé fi, vous aimez comme une vieille bourgeoise.

LA BARONNE. Que tu es injuste, Marine ! Puis-je ne pas savoir gré au Chevalier du sacrifice qu'il me fait ?

MARINE. Le plaisant sacrifice ! que vous êtes facile à tromper. Mort de ma vie, c'est quelque vieux portrait de famille ; que sait-on ? de sa grand-mère peut-être.

LA BARONNE. Non, j'ai quelque idée[1] de ce visage-là, et une idée récente.

MARINE, *prenant son portrait.* Attendez... Ah ! justement c'est ce colosse de provinciale que nous vîmes au bal il y a trois jours, qui se fit tant prier pour ôter son masque, et que personne ne connut quand elle fut démasquée.

LA BARONNE. Tu as raison, Marine ; cette Comtesse-là n'est pas mal faite.

MARINE, *rendant le portrait à la Baronne.* À peu près comme Monsieur Turcaret. Mais si la Comtesse était femme d'affaires, on ne vous la sacrifierait pas, sur ma parole.

LA BARONNE. Tais-toi, Marine, j'aperçois le laquais de Monsieur Turcaret.

MARINE. Oh pour celui-ci, passe, il ne nous apporte que de bonnes nouvelles. Il tient quelque chose, c'est sans doute un nouveau présent que son maître vous fait.

Scène 4

LA BARONNE, MARINE, FLAMAND

FLAMAND, *présentant un petit coffre à la Baronne.* Monsieur Turcaret, Madame, vous prie d'agréer ce petit présent. Serviteur, Marine.

MARINE. Tu sois le bienvenu[2], Flamand ; j'aime mieux te voir que ce vilain Frontin.

LA BARONNE, *montrant le coffre à Marine.* Considère, Marine, admire le travail de ce petit coffre ; as-tu rien vu de plus délicat ?

MARINE. Ouvrez, ouvrez, je réserve mon admiration

---

1. J'ai quelque souvenir.   2. Forme archaïque de politesse pour « Sois le bienvenu ».

pour le dedans ; le cœur me dit que nous en serons plus charmées que du dehors.

La Baronne, *l'ouvre.* Que vois-je ? un billet au porteur ! l'affaire est sérieuse.

Marine. De combien, Madame ?

La Baronne. De dix mille écus.

Marine. Bon, voilà la faute du diamant réparée.

La Baronne. Je vois un autre billet.

Marine. Encore au porteur ?

La Baronne. Non, ce sont des vers que Monsieur Turcaret m'adresse.

Marine. Des vers de Monsieur Turcaret !

La Baronne, *lisant.* À Philis[1]... quatrain... Je suis la Philis, et il me prie en vers de recevoir son billet en prose.

Marine. Je suis fort curieuse d'entendre des vers d'un auteur qui envoie de si bonne prose.

La Baronne. Les voici, écoute. *(Elle lit.)*

> *Recevez ce billet, charmante Philis,*
> *Et soyez assurée que mon âme*
> *Conservera toujours une éternelle flamme,*
> *Comme il est certain que trois et trois font six.*

Marine. Que cela est finement pensé !

La Baronne. Et noblement exprimé. Les auteurs se peignent dans leurs ouvrages... Allez, portez ce coffre dans mon cabinet[2], Marine. *(Marine sort.)* Il faut que je te donne quelque chose, à toi, Flamand ; je veux que tu boives à ma santé.

Flamand. Je n'y manquerai pas, Madame, et du bon encore.

---

1. Un des noms traditionnellement donnés dans la poésie galante à la femme aimée (convention littéraire). Voir pour exemple le fameux sonnet d'Oronte dans *Le Misanthrope* de Molière : « Belle Philis, on désespère / Alors qu'on espère toujours » (II, 1).   2. Petit bureau, boudoir ; autre sens également possible ici : buffet à tiroirs dans lequel on enferme les choses précieuses.

LA BARONNE. Je t'y convie.

FLAMAND. Quand j'étais chez ce conseiller[1] que j'ai
servi ci-devant[2], je m'accommodais de tout ; mais
depuis[3] que je sis chez Monsieur Turcaret, je sis
devenu délicat, oui.

LA BARONNE. Rien n'est tel que la maison d'un
homme d'affaires, pour perfectionner le goût.

Marine revient.

FLAMAND. Le voici, Madame, le voici.

Scène 5

LA BARONNE, M. TURCARET, MARINE

LA BARONNE. Je suis ravie de vous voir, Monsieur
Turcaret, pour vous faire des compliments sur les
vers que vous m'avez envoyés.

M. TURCARET, *riant.* Oh oh !

LA BARONNE. Savez-vous bien qu'ils sont du dernier
galant[4] ? Jamais les Voiture[5], ni les Pavillon[6] n'en
ont fait de pareils.

M. TURCARET. Vous plaisantez, apparemment ?

LA BARONNE. Point du tout.

M. TURCARET. Sérieusement, Madame, les trouvez-
vous bien tournés ?

LA BARONNE. Le plus spirituellement du monde.

---

1. Juge dont la fonction est de rendre la justice dans une compagnie d'État
(au Parlement, aux Requêtes, au Trésor, etc.).   2. Avant de servir
chez M. Turcaret.   3. Cette déformation répétée de la prononciation
de la syllabe « ui » trahit la rusticité de Flamand.   4. Des plus élégants
et des plus plaisants.   5. Vincent Voiture (1598-1648) : ce fils d'un marchand de vin se fit distinguer par les agréments de son esprit et de son caractère qui lui ouvrirent les portes de l'Hôtel de Rambouillet où se retrouvaient
des gens du monde et des lettres. Poète passionné par le jeu et les femmes,
son style précieux apparaît dans ses poésies célébrées dans la société mon-
daine. Il entre à l'Académie française en 1634.   6. Étienne Pavillon
(1632-1705) : d'abord avocat général au Parlement de Metz, il renonce à
sa charge pour venir vivre à Paris, où il est recherché dans les salons pour
ses petits vers, qui lui valent d'être comparé à Voiture, et d'entrer à l'Académie française en 1691.

M. TURCARET. Ce sont pourtant les premiers vers que j'ai faits de ma vie.

LA BARONNE. On ne le dirait pas.

M. TURCARET. Je n'ai pas voulu emprunter le secours de quelque auteur, comme cela se pratique.

LA BARONNE. On le voit bien : les auteurs de profession ne pensent et ne s'expriment pas ainsi : on ne saurait les soupçonner de les avoir faits.

M. TURCARET. J'ai voulu voir par curiosité si je serais capable d'en composer, et l'amour m'a ouvert l'esprit.

LA BARONNE. Vous êtes capable dc tout, Monsieur, il n'y a rien d'impossible pour vous.

MARINE. Votre prose, Monsieur, mérite aussi des compliments : elle vaut bien votre poésie au moins.

M. TURCARET. Il est vrai que ma prose a son mérite ; elle est signée et approuvée par quatre fermiers généraux[1].

MARINE. Cette approbation vaut mieux que celle de l'Académie[2].

LA BARONNE. Pour moi je n'approuve point votre prose, Monsieur, et il me prend envie de vous quereller.

M. TURCARET. D'où vient ?

LA BARONNE. Avez-vous perdu la raison de m'envoyer

---

1. Organisés en une Compagnie dite « la Ferme générale », les fermiers généraux ou financiers, aidés par plusieurs commis, avaient le droit de lever les impôts indirects du royaume, contre le versement à l'État d'une somme forfaitaire. Parce qu'ils étaient liés au roi par un traité, ou un « parti », on leur donna également le nom de « traitants » ou de « partisans » (pour ce dernier mot se reporter aux *Caractères* de La Bruyère). Sans entrer dans le détail de leurs fonctions, on soulignera la richesse de ces traitants, leur puissance économique et politique considérable, leur propension enfin à s'enrichir sur le dos du peuple, leur rémunération consistant chaque fois dans la différence entre la somme forfaitaire remise à l'autorité et celle qu'ils réussissaient à tirer de l'impôt.   **2.** L'Académie française, créée par Richelieu en 1634, qui comprend quarante membres. Son jugement faisait autorité dans le domaine des Belles Lettres notamment.

un billet au porteur ? Vous faites tous les jours quelque folie comme cela.

M. TURCARET. Vous vous moquez.

LA BARONNE. De combien est-il ce billet ? Je n'ai pas pris garde à la somme, tant j'étais en colère contre vous.

M. TURCARET. Bon, il n'est que de dix mille écus.

LA BARONNE. Comment dix mille écus ? Ah si j'avais su cela, je vous l'aurais renvoyé sur-le-champ.

M. TURCARET. Fi donc.

LA BARONNE. Mais je vous le renverrai.

M. TURCARET. Oh vous l'avez reçu, vous ne le rendrez point.

MARINE, *bas*. Oh pour cela, non !

LA BARONNE. Je suis plus offensée du motif que de la chose même.

M. TURCARET. Hé pourquoi ?

LA BARONNE. En m'accablant tous les jours de présents, il semble que vous vous imaginiez avoir besoin de ces liens-là pour m'attacher à vous.

M. TURCARET. Quelle pensée ! non, Madame, ce n'est point dans cette vue que...

LA BARONNE. Mais vous vous trompez, Monsieur, je ne vous en aime pas davantage pour cela.

M. TURCARET. Qu'elle est franche ! qu'elle est sincère !

LA BARONNE. Je ne suis sensible qu'à vos empressements, qu'à vos soins...

M. TURCARET. Quel bon cœur !

LA BARONNE. Qu'au seul plaisir de vous voir.

M. TURCARET. Elle me charme... Adieu, charmante Philis.

LA BARONNE. Quoi vous sortez si tôt[1] !

M. TURCARET. Oui, ma reine ; je ne viens ici que pour vous saluer en passant. Je vais à une de nos assemblées[2], pour m'opposer à la réception d'un pied-

---

1. Déjà.   2. Réunion de la Compagnie des fermiers généraux.

plat[1], d'un homme de rien, qu'on veut faire entrer dans notre Compagnie. Je reviendrai dès que je pourrai m'échapper.

Il lui baise la main.

LA BARONNE. Fussiez-vous déjà de retour !

MARINE, *faisant la révérence à Monsieur Turcaret.* Adieu, Monsieur, je suis votre très humble servante.

M. TURCARET. À propos, Marine, il me semble qu'il y a longtemps que je ne t'ai rien donné... (*Il lui donne une poignée d'argent.*)... tiens, je donne sans compter, moi.

MARINE. Et moi je reçois de même, Monsieur. Oh ! nous sommes tous deux des gens de bonne foi !

Il sort.

Scène 6

LA BARONNE, MARINE

LA BARONNE. Il s'en va fort satisfait de nous, Marine.

MARINE. Et nous demeurons fort contentes de lui, Madame. L'excellent sujet ; il a de l'argent, il est prodigue et crédule, c'est un homme fait pour les coquettes.

LA BARONNE. J'en fais assez ce que je veux, comme tu vois.

MARINE. Oui : mais par malheur je vois arriver ici des gens qui vengent bien Monsieur Turcaret.

Scène 7

LA BARONNE, MARINE, LE CHEVALIER, FRONTIN

LE CHEVALIER. Je viens, Madame vous témoigner ma reconnaissance ; sans vous j'aurais violé la foi des

---

1. Un homme de basse naissance, qui ne mérite aucune considération.

joueurs : ma parole perdait tout son crédit, et je tombais dans le mépris des honnêtes gens.

LA BARONNE. Je suis bien aise, Chevalier, de vous avoir fait ce plaisir.

LE CHEVALIER. Ah ! qu'il est doux de voir sauver son honneur par l'objet même de son amour.

MARINE, *bas*. Qu'il est tendre et passionné ! Le moyen de lui refuser quelque chose !

LE CHEVALIER. Bon jour, Marine. Madame, j'ai aussi quelques grâces à lui rendre ; Frontin m'a dit qu'elle s'est intéressée à ma douleur.

MARINE. Eh oui, merci de ma vie, je m'y suis intéressée ; elle nous coûte assez pour cela.

LA BARONNE, *à Marine*. Taisez-vous, Marine, vous avez des vivacités qui ne me plaisent pas.

LE CHEVALIER. Hé, Madame, laissez-la parler ; j'aime les gens francs et sincères.

MARINE. Et moi je hais ceux qui ne le sont pas.

LE CHEVALIER. Elle est toute spirituelle dans ses mauvaises humeurs, elle a des reparties brillantes qui m'enlèvent[1]. Marine, au moins j'ai pour vous ce qui s'appelle une véritable amitié ; et je veux vous en donner des marques... *(Il fait semblant de fouiller dans ses poches.)*... Frontin, la première fois que je gagnerai fais-m'en ressouvenir.

FRONTIN. C'est de l'argent comptant.

MARINE. J'ai bien affaire de son argent ; hé qu'il ne vienne pas ici piller le nôtre !

LA BARONNE. Prenez garde à ce que vous dites, Marine.

MARINE. C'est voler au coin d'un bois.

LA BARONNE. Vous perdez le respect.

LE CHEVALIER. Ne prenez point la chose sérieusement.

MARINE. Je ne puis me contraindre, Madame ; je ne

---

1. Qui me ravissent, qui me charment.

puis voir tranquillement que vous soyez la dupe de Monsieur, et que Monsieur Turcaret soit la vôtre.

La Baronne. Marine...

Marine. Hé fi, fi, Madame, c'est se moquer, de recevoir d'une main, pour dissiper de l'autre. La belle conduite ! Nous en aurons toute la honte, et Monsieur le Chevalier tout le profit.

La Baronne. Oh pour cela vous êtes trop insolente ; je n'y puis plus tenir.

Marine. Ni moi non plus.

La Baronne. Je vous chasserai.

Marine. Vous n'aurez pas cette peine-là, Madame, je me donne mon congé moi-même ; je ne veux pas que l'on dise dans le monde que je suis infructueusement complice de la ruine d'un financier[1].

La Baronne. Retirez-vous, impudente, et ne paraissez jamais devant moi, que pour me rendre vos comptes.

Marine. Je les rendrai[2] à Monsieur Turcaret, Madame ; et s'il est assez sage pour m'en croire, vous compterez aussi tous deux ensemble.

Elle sort.

Scène 8

La Baronne, Le Chevalier, Frontin

Le Chevalier. Voilà, je l'avoue, une créature impertinente : vous avez eu raison de la chasser.

Frontin. Oui, Madame, vous avez raison : comment donc ! Mais c'est une espèce de mère que cette servante-là.

---

1. Synonyme de « fermier général ».   2. Jeu sur les deux sens du mot « comptes ». Alors que la Baronne, dans la réplique précédente, pense à la comptabilité des gages qu'elle doit payer à Marine, la soubrette, elle, parle du compte rendu qu'elle fera à M. Turcaret de la conduite de sa maîtresse.

LA BARONNE. C'est un pédant éternel[1] que j'avais aux
   oreilles.

FRONTIN. Elle se mêlait de vous donner des conseils ;
   elle vous aurait gâtée[2] à la fin.

LA BARONNE. Je n'avais que trop d'envie de m'en
   défaire ; mais je suis une femme d'habitude, et je
   n'aime point les nouveaux visages.

LE CHEVALIER. Il serait pourtant fâcheux que dans le
   premier mouvement de sa colère elle allât donner
   à Monsieur Turcaret des impressions[3] qui ne
   conviendraient ni à vous ni à moi.

FRONTIN. Oh diable elle n'y manquera pas ; les soubrettes sont comme les bigotes, elles font des
   actions charitables pour se venger.

LA BARONNE. De quoi s'inquiéter ? Je ne la crains
   point. J'ai de l'esprit, Monsieur Turcaret n'en a
   guère : je ne l'aime point, et il est amoureux : je
   saurai me faire auprès de lui un mérite de l'avoir
   chassée.

FRONTIN. Fort bien, Madame, il faut tout mettre à
   profit.

LA BARONNE. Mais je songe que ce n'est pas assez de
   nous être débarrassés de Marine, il faut encore
   exécuter une idée qui me vient dans l'esprit.

LE CHEVALIER. Quelle idée, Madame ?

LA BARONNE. Le laquais de Monsieur Turcaret est un
   sot, un benêt dont on ne peut tirer le moindre service ; et je voudrais mettre à sa place quelque
   habile homme, quelqu'un de ces génies supérieurs
   qui sont faits pour gouverner les esprits médiocres,
   et les tenir toujours dans la situation dont on a
   besoin.

---

1. Péjoratif. Se dit de celui qui parle hors de propos, avec un ton trop
décisif ou qui veut assujettir les autres à ses règles.   2. Ironie percep-
tible par le spectateur. Comprendre que Marine aurait fini par ouvrir
les yeux de sa maîtresse et faire ainsi tarir la source des revenus du Chevalier.   3. Faire des révélations.

FRONTIN. Quelqu'un de ces génies supérieurs ! Je vous vois venir, Madame, cela me regarde.

LE CHEVALIER. Mais en effet Frontin ne nous sera pas inutile auprès de notre traitant.

LA BARONNE. Je veux l'y placer.

LE CHEVALIER. Il nous en rendra bon compte, n'est-ce pas ?

FRONTIN. Je suis jaloux de l'invention, on ne pouvait rien imaginer de mieux. Par ma foi, Monsieur Turcaret, je vous ferai bien voir du pays[1], sur ma parole.

LA BARONNE. Il m'a fait présent d'un billet au porteur de dix mille écus : je veux changer cet effet-là de nature ; il en faut faire de l'argent. Je ne connais personne pour cela. Chevalier, chargez-vous de ce soin : je vais vous remettre le billet ; retirez ma bague, je suis bien aise de l'avoir, et vous me tiendrez compte du surplus.

FRONTIN. Cela est trop juste, Madame, et vous n'avez rien à craindre de notre probité.

LE CHEVALIER. Je ne perdrai point de temps, Madame, et vous aurez cet argent incessamment.

LA BARONNE. Attendez un moment, je vais vous donner le billet.

Scène 9

LE CHEVALIER, FRONTIN

FRONTIN. Un billet de dix mille écus ! la bonne aubaine, et la bonne femme : il faut être aussi heureux que vous l'êtes, pour en rencontrer de pareilles : savez-vous que je la trouve un peu trop crédule pour une coquette ?

LE CHEVALIER. Tu as raison.

---

1. Je vous donnerai bien de la peine. On dirait aujourd'hui « je vous en ferai voir de toutes les couleurs ».

FRONTIN. Ce n'est pas mal payer le sacrifice de notre vieille folle de Comtesse qui n'a pas le sou.

LE CHEVALIER. Il est vrai.

FRONTIN. Madame la Baronne est persuadée que vous avez perdu mille écus sur votre parole, et que son diamant est en gage. Le lui rendrez-vous, Monsieur, avec le reste du billet ?

LE CHEVALIER. Si je le lui rendrai !

FRONTIN. Quoi tout entier, sans quelque nouvel article de dépense ?

LE CHEVALIER. Assurément je me garderai bien d'y manquer.

FRONTIN. Vous avez des moments d'équité, je ne m'y attendais pas.

LE CHEVALIER. Je serai un grand malheureux[1] de m'exposer à rompre avec elle à si bon marché.

FRONTIN. Ah ! je vous demande pardon : j'ai fait un jugement téméraire, je croyais que vous vouliez faire les choses à demi.

LE CHEVALIER. Oh non. Si jamais je me brouille, ce ne sera qu'après la ruine totale de Monsieur Turcaret.

FRONTIN. Qu'après sa destruction, là, son anéantissement.

LE CHEVALIER. Je ne rends des soins à la coquette, que pour l'aider à ruiner le traitant.

FRONTIN. Fort bien : à ces sentiments généreux, je reconnais mon maître.

LE CHEVALIER. Paix, Frontin, voici la Baronne.

Scène 10

LE CHEVALIER, LA BARONNE, FRONTIN

LA BARONNE. Allez, Chevalier, allez sans tarder davantage négocier ce billet, et me rendez ma bague le plus tôt que vous pourrez.

---

1. Je serais bien sot.

LE CHEVALIER. Frontin, Madame, va vous la rapporter incessamment ; mais avant que je vous quitte, souffrez que charmé de vos manières généreuses, je vous fasse connaître que...

LA BARONNE. Non, je vous le défends, ne parlons point de cela.

LE CHEVALIER. Quelle contrainte pour un cœur aussi reconnaissant que le mien !

LA BARONNE, *s'en allant*. Sans adieu, Chevalier, je crois que nous nous reverrons tantôt.

LE CHEVALIER, *s'en allant*. Pourrais-je m'éloigner de vous sans une si douce espérance ?

FRONTIN, *seul*. J'admire le train de la vie humaine ; nous plumons une coquette, la coquette mange un homme d'affaires, l'homme d'affaires en pille d'autres : cela fait un ricochet de fourberies le plus plaisant du monde.

Fin du premier Acte.

ACTE II

Scène 1

LA BARONNE, FRONTIN

FRONTIN, *lui donnant le diamant.* Je n'ai pas perdu de temps, comme vous voyez, Madame, voilà votre diamant ; l'homme qui l'avait en gage me l'a remis entre les mains dès qu'il a vu briller le billet au porteur, qu'il veut escompter[1] moyennant un très honnête profit. Mon maître que j'ai laissé avec lui, va venir vous en rendre compte.

LA BARONNE. Je suis enfin débarrassée de Marine ; elle a sérieusement pris son parti[2] : j'appréhendais que ce ne fût qu'une feinte ; elle est sortie. Ainsi, Frontin, j'ai besoin d'une femme de chambre, je te charge de m'en chercher une autre.

FRONTIN. J'ai votre affaire en main ; c'est une jeune personne, douce, complaisante, comme il vous faut : elle verrait tout aller sens dessus dessous dans votre maison, sans dire une syllabe.

LA BARONNE. J'aime ces caractères-là : tu la connais particulièrement ?

FRONTIN. Très particulièrement ; nous sommes même un peu parents.

LA BARONNE. C'est-à-dire que l'on peut s'y fier.

FRONTIN. Comme à moi-même ; elle est sous ma

---

1. Escompter signifie ici échanger le billet au porteur contre des espèces sonnantes et trébuchantes, le changeur retenant un pourcentage qui peut aller parfois jusqu'à la moitié de la valeur indiquée sur le billet.   2. Marine a dit qu'elle donnait son congé et elle l'a fait.

tutelle, j'ai l'administration de ses gages et de ses profits, et j'ai soin de lui fournir tous ses petits besoins.

LA BARONNE. Elle sert sans doute actuellement ?

FRONTIN. Non ; elle est sortie de condition[1] depuis quelques jours.

LA BARONNE. Hé pour quel sujet ?

FRONTIN. Elle servait des personnes qui mènent une vie retirée, qui ne reçoivent que des visites sérieuses ; un mari et une femme qui s'aiment, des gens extraordinaires[2]. Enfin, c'est une maison triste, ma pupille s'y est ennuyée.

LA BARONNE. Où est-elle donc à l'heure qu'il est ?

FRONTIN. Elle est logée chez une vieille prude de ma connaissance, qui par charité retire[3] des femmes de chambre hors de condition, pour savoir ce qui se passe dans les familles.

LA BARONNE. Je la voudrais avoir dès aujourd'hui. Je ne puis me passer de fille.

FRONTIN. Je vais vous l'envoyer, Madame, ou vous l'amener moi-même ; vous en serez contente : je ne vous ai pas dit toutes ses bonnes qualités ; elle chante et joue à ravir de toutes sortes d'instruments.

LA BARONNE. Mais, Frontin, vous me parlez là d'un fort joli sujet.

FRONTIN. Je vous en réponds ; aussi je la destine pour l'Opéra[4] : mais je veux auparavant qu'elle se fasse dans le monde ; car il n'en faut là que de toutes faites[5].

---

1. « Condition » pour « domesticité ». Comprendre qu'elle est sans emploi.   2. Ridicules, extravagants. Lesage se moque des mœurs du temps : il était de bon ton dans la haute société que maris et femmes mènent une vie dissipée chacun de son côté et résident en parfaits étrangers sous le même toit.   3. Héberge.   4. L'Académie Royale de Musique était réputée employer de jolies danseuses aux mœurs légères, qui devaient leur fulgurante ascension sociale à de riches ou nobles protecteurs plutôt qu'à leur art.   5. Parfaitement aguerries à l'art de plaire.

Il s'en va.

LA BARONNE. Je l'attends avec impatience.

Scène 2

LA BARONNE, *seule*. Cette fille-là me sera d'un grand
agrément ; elle me divertira par ses chansons, au
lieu que l'autre ne faisait que me chagriner par sa
morale. Mais je vois Monsieur Turcaret : ah ! qu'il
paraît agité, Marine l'aura été trouver.

Scène 3

LA BARONNE, M. TURCARET

M. TURCARET, *essoufflé*. Ouf ! je ne sais par où commencer, perfide.

LA BARONNE, *bas*. Elle lui a parlé.

M. TURCARET. J'ai appris de vos nouvelles, déloyale,
j'ai appris de vos nouvelles : on vient de me rendre
compte de vos perfidies, de votre dérangement[1].

LA BARONNE. Le début est agréable, et vous employez
de fort jolis termes, Monsieur.

M. TURCARET. Laissez-moi parler ; je veux vous dire
vos vérités, Marine me les a dites. Ce beau chevalier qui vient ici à toute heure, et qui ne m'était pas
suspect sans raison, n'est pas votre cousin comme
vous me l'avez fait accroire : vous avez des vues
pour l'épouser, et pour me planter là, moi, quand
j'aurai fait votre fortune.

LA BARONNE. Moi, Monsieur, j'aimerais le Chevalier ?

M. TURCARET. Marine me l'a assuré, et qu'il ne faisait figure[2] dans le monde qu'aux dépens de votre
bourse et de la mienne, et que vous lui sacrifiez
tous les présents que je vous fais.

---

1. Désordre amoureux.   **2.** Paraissait beaucoup et faisait beaucoup
de dépense.

LA BARONNE. Marine est une fort jolie personne. Ne
vous a-t-elle dit que cela, Monsieur ?

M. TURCARET. Ne me répondez point, félonne[1], j'ai
de quoi vous confondre[2], ne me répondez point.
Parlez, qu'est devenu, par exemple, ce gros brillant
que je vous donnai l'autre jour ? montrez-le tout à
l'heure, montrez-le-moi.

LA BARONNE. Puisque vous le prenez sur ce ton-là,
Monsieur, je ne veux pas vous le montrer.

M. TURCARET. Hé sur quel ton, morbleu, prétendez-
vous donc que je le prenne ! Oh vous n'en serez
pas quitte pour des reproches ! Ne croyez pas que
je sois assez sot pour rompre avec vous sans bruit,
pour me retirer sans éclat ; je veux laisser ici des
marques de mon ressentiment. Je suis honnête
homme, j'aime de bonne foi, je n'ai que des vues
légitimes ; je ne crains pas le scandale, moi. Ah !
vous n'avez pas affaire à un abbé[3], je vous en avertis.

Il entre dans la chambre de la Baronne.

LA BARONNE. Non ; j'ai affaire à un extravagant, un
possédé. Oh bien faites, Monsieur, faites tout ce
qu'il vous plaira, je ne m'y opposerai point, je vous
assure... Mais... qu'entends-je ?... Ciel, quel
désordre !... il est effectivement devenu fou. Monsieur Turcaret, Monsieur Turcaret, je vous ferai
bien expier vos emportements.

M. TURCARET, *revenant*. Me voilà à demi soulagé ; j'ai
déjà cassé la grande glace et les plus belles porcelaines.

---

1. Traître, cruelle, inhumaine. Se disait du vassal lorsqu'il faisait quelque
chose contre la foi qu'il devait à son seigneur. L'insulte prend, dans la
bouche de Turcaret, un tour éminemment comique.   2. J'ai des
preuves de vos torts.   3. Turcaret fait allusion aux ecclésiastiques aux
mœurs dissolues qui pouvaient craindre que leur commerce avec une
coquette soit commenté sur la place publique et nuise à leur réputation.

LA BARONNE. Achevez, Monsieur. Que ne continuez-vous !

M. TURCARET. Je continuerai quand il me plaira, Madame ; je vous apprendrai à vous jouer à un homme comme moi[1]. Allons, ce billet au porteur, que je vous ai tantôt envoyé, qu'on me le rende.

LA BARONNE. Que je vous le rende ! Et si je l'ai aussi donné au Chevalier ?

M. TURCARET. Ah si je le croyais.

LA BARONNE. Que vous êtes fou ! en vérité vous me faites pitié.

M. TURCARET. Comment donc ! au lieu de se jeter à mes genoux et de me demander grâce, encore dit-elle que j'ai tort, encore dit-elle que j'ai tort.

LA BARONNE. Sans doute.

M. TURCARET. Ah vraiment, je voudrais bien par plaisir[2] que vous entreprissiez de me persuader cela !

LA BARONNE. Je le ferais, si vous étiez en état d'entendre raison.

M. TURCARET. Eh ! que me pourriez-vous dire, traîtresse ?

LA BARONNE. Je ne vous dirai rien. Ah ! quelle fureur !

M. TURCARET, *essoufflé*. Hé bien ! parlez, Madame, parlez, je suis de sang-froid.

LA BARONNE. Écoutez-moi donc. Toutes les extravagances que vous venez de faire sont fondées sur un faux rapport que Marine...

M. TURCARET. Un faux rapport ; ventrebleu ce n'est point...

LA BARONNE. Ne jurez pas, Monsieur, ne m'interrompez pas ; songez que vous êtes de sang-froid.

M. TURCARET. Je me tais : il faut que je me contraigne.

LA BARONNE. Savez-vous bien pourquoi je viens de chasser Marine ?

---

1. « Se jouer à » : attaquer inconsidérément plus fort que soi.
2. Expression familière : « pour essayer ».

TURCARET *(essoufflé)* : Hé bien ! parlez, Madame, parlez, je
suis de sang-froid.

M. Turcaret. Oui ; pour avoir pris trop chaudement[1] mes intérêts.

La Baronne. Tout au contraire : c'est à cause qu'elle me reprochait sans cesse l'inclination que j'avais pour vous. Est-il rien de si ridicule, me disait-elle à tous moments, que de voir la veuve d'un colonel songer à épouser un Monsieur Turcaret ; un homme sans naissance, sans esprit, de la mine la plus basse...

M. Turcaret. Passons, s'il vous plaît, sur les qualités ; cette Marine-là est une impudente.

La Baronne. Pendant que vous pouvez choisir un époux entre vingt personnes de la première qualité, lorsque vous refusez votre aveu même aux pressantes instances de toute la famille d'un marquis dont vous êtes adorée, et que vous avez la faiblesse de sacrifier à ce Monsieur Turcaret.

M. Turcaret. Cela n'est pas possible.

La Baronne. Je ne prétends pas m'en faire un mérite, Monsieur. Ce marquis est un jeune homme, fort agréable de sa personne, mais dont les mœurs et la conduite ne me conviennent point. Il vient ici quelquefois avec mon cousin le Chevalier, son ami. J'ai découvert qu'il avait gagné Marine[2], et c'est pour cela que je l'ai congédiée. Elle a été vous débiter mille impostures pour se venger, et vous êtes assez crédule pour y ajouter foi ! Ne deviez-vous pas dans le moment[3] faire réflexion que c'était une servante passionnée qui vous parlait ; et que si j'avais eu quelque chose à me reprocher, je n'aurais pas été assez imprudente pour chasser une fille dont j'avais à craindre l'indiscrétion. Cette pensée, dites-moi, ne se présente-t-elle pas naturellement à l'esprit ?

---

1. Avec trop d'ardeur.   **2.** Qu'il avait corrompu, soudoyé, Marine.
3. Sur-le-champ, immédiatement.

M. TURCARET. J'en demeure d'accord ; mais...

LA BARONNE. Mais, mais vous avez tort : elle vous a
donc dit entre autres choses que je n'avais plus ce
gros brillant, qu'en badinant[1] vous me mîtes
l'autre jour au doigt, et que vous me forçâtes
d'accepter ?

M. TURCARET. Oh oui, elle m'a juré que vous l'avez
donné aujourd'hui au Chevalier, qui est, dit-elle,
votre parent comme Jean de vert[2].

LA BARONNE. Et si je vous montrais tout à l'heure[3] ce
même diamant, que diriez-vous ?

M. TURCARET. Oh je dirais en ce cas-là que... Mais
cela ne se peut pas.

LA BARONNE. Le voilà, Monsieur, le reconnaissez-
vous ? Voyez le fonds que l'on doit faire[4] sur le rapport de certains valets.

M. TURCARET. Ah que cette Marine-là est une grande
scélérate ! Je reconnais sa friponnerie et mon injustice ; pardonnez-moi, Madame, d'avoir soupçonné
votre bonne foi.

LA BARONNE. Non, vos fureurs ne sont point excusa-
bles[5] : allez, vous êtes indigne de pardon.

M. TURCARET. Je l'avoue.

LA BARONNE. Fallait-il vous laisser si facilement pré-
venir contre une femme qui vous aime avec trop
de tendresse ?

M. TURCARET. Hélas, non, que je suis malheureux !

---

1. Badiner : plaisanter avec enjouement et légèreté. Le badinage est
une sorte de galanterie agrémentant la conversation ou les manières.
2. L'expression signifie que Turcaret ne croit pas à la parenté de la
Baronne avec le Chevalier. Allusion faite ici à un officier flamand, Jean
de Weert, entré dans la légende pour avoir semé la terreur parmi
la population pendant la guerre de Trente Ans.   3. Maintenant.
4. Le crédit que l'on doit porter, la confiance que l'on peut faire.
5. On remarque que la fureur bourgeoise de Turcaret le conduit à casser
tout ce qui lui tombe sous la main, alors que la fureur du Chevalier (même
si elle n'est que prétendue) ne pouvait avoir que le suicide pour issue.
Question de classes...

LA BARONNE. Convenez que vous êtes un homme bien faible.

M. TURCARET. Oui, Madame.

LA BARONNE. Une franche dupe.

M. TURCARET. J'en conviens. Ah, Marine, coquine de Marine ! Vous ne sauriez vous imaginer tous les mensonges que cette pendarde-là[1] m'est venue conter : elle m'a dit que vous et Monsieur le Chevalier, vous me regardiez comme votre vache à lait ; et que si aujourd'hui pour demain[2] je vous avais tout donné, vous me feriez fermer votre porte au nez.

LA BARONNE. La malheureuse !

M. TURCARET. Elle me l'a dit, c'est un fait constant[3] : je n'invente rien, moi.

LA BARONNE. Et vous avez eu la faiblesse de la croire un seul moment !

M. TURCARET. Oui, Madame, j'ai donné là-dedans comme un franc sot. Où diable avais-je l'esprit ?

LA BARONNE. Vous repentez-vous de votre crédulité ?

M. TURCARET. Si je m'en repens ! Je vous demande mille pardons de ma colère.

LA BARONNE. On vous la pardonne : levez-vous, Monsieur. Vous auriez moins de jalousie, si vous aviez moins d'amour, et l'excès de l'un fait oublier la violence de l'autre.

M. TURCARET. Quelle bonté ! Il faut avouer que je suis un grand brutal.

LA BARONNE. Mais sérieusement, Monsieur, croyez-vous qu'un cœur puisse balancer un instant entre vous et le Chevalier ?

M. TURCARET. Non, Madame, je ne le crois pas ; mais je le crains.

---

1. Fripponne, scélérate.   2. D'un instant à l'autre, de but en blanc.
3. C'est un fait avéré, indubitable.

LA BARONNE. Que faut-il faire pour dissiper vos craintes ?

M. TURCARET. Éloigner d'ici cet homme-là : consentez-y, Madame, j'en sais les moyens.

LA BARONNE. Hé quels sont-ils ?

M. TURCARET. Je lui donnerai une direction[1] en province.

LA BARONNE. Une direction !

M. TURCARET. C'est ma manière d'écarter les incommodes. Ah combien de cousins, d'oncles, et de maris j'ai fait directeurs en ma vie ! J'en ai envoyé jusqu'en Canada[2].

LA BARONNE. Mais vous ne songez pas que mon cousin le Chevalier est homme de condition, et que ces sortes d'emplois ne lui conviennent pas. Allez, sans vous mettre en peine de l'éloigner de Paris, je vous jure que c'est l'homme du monde qui doit vous causer le moins d'inquiétude.

M. TURCARET. Ouf ! j'étouffe d'amour et de joie ; vous me dites cela d'une manière si naïve[3], que vous me le persuadez. Adieu mon adorable, mon tout, ma déesse : allez, allez, je vais bien réparer la sottise que je viens de faire ; votre grande glace n'était pas tout à fait nette, au moins[4], et je trouvais vos porcelaines assez communes.

LA BARONNE. Il est vrai.

M. TURCARET. Je vais vous en chercher d'autres.

LA BARONNE. Voilà ce que vous coûtent vos folies.

---

1. En sa qualité de fermier général, Turcaret peut distribuer trois types d'emplois : des directions, des commissions et des caisses. Selon son bon vouloir, il les offre ou les monnaie chèrement. Une direction signifie à la fois l'emploi de directeur et la zone géographique où s'étend la commission.   2. Le Canada, alors appelé Nouvelle France, était administré comme une province française par le gouvernement royal que Colbert avait installé en 1663. Cette administration comprenait évidemment le recouvrement des impôts, et par là même la présence de directeurs, de commis et de caissiers. À l'issue de la guerre de Sept Ans, la Nouvelle France sera cédée aux Anglais (1763).   3. Naturelle, pleine de vérité. 4. De toute façon.

M. TURCARET. Bagatelle : tout ce que j'ai cassé ne
valait pas plus de trois cents pistoles.

> *Il veut s'en aller, la Baronne l'arrête.*

LA BARONNE. Attendez, Monsieur, il faut que je vous
fasse une prière auparavant.

M. TURCARET. Une prière : oh donnez vos ordres.

LA BARONNE. Faites avoir une commission[1] pour
l'amour de moi à ce pauvre Flamand, votre
laquais ; c'est un garçon pour qui j'ai pris de l'amitié.

M. TURCARET. Je l'aurais déjà poussé, si je lui avais
trouvé quelque disposition : mais il a l'esprit trop
bonasse, cela ne vaut rien pour les affaires.

LA BARONNE. Donnez-lui un emploi qui ne soit pas
difficile à exercer.

M. TURCARET. Il en aura un dès aujourd'hui ; cela
vaut fait[2].

LA BARONNE. Ce n'est pas tout ; je veux mettre auprès
de vous Frontin, le laquais de mon cousin le Chevalier, c'est aussi un très bon enfant.

M. TURCARET. Je le prends, Madame, et vous promets
de le faire commis au premier jour[3].

Scène 4

LA BARONNE, M. TURCARET, FRONTIN

FRONTIN. Madame, vous allez bientôt avoir la fille
dont je vous ai parlé.

LA BARONNE. Monsieur, voilà le garçon que je veux
vous donner.

M. TURCARET. Il paraît un peu innocent.

LA BARONNE. Que vous vous connaissez bien en physionomie !

---

1. Emploi qu'on exerce en tant que commis, le commis étant le subor-
donné du traitant.   2. C'est comme si c'était fait.   3. À la première
occasion.

M. Turcaret. J'ai le coup d'œil infaillible. Approche, mon ami ; dis-moi un peu, as-tu déjà quelques principes ?

Frontin. Qu'appelez-vous des principes[1] ?

M. Turcaret. Des principes de commis ; c'est-à-dire, si tu sais comment on peut empêcher les fraudes, ou les favoriser ?

Frontin. Pas encore, Monsieur : mais je sens que j'apprendrai cela fort facilement.

M. Turcaret. Tu sais du moins l'arithmétique, tu sais faire des comptes à parties simples ?

Frontin. Oh oui, Monsieur, je sais même faire des parties doubles[2] ; j'écris aussi de deux écritures, tantôt de l'une, et tantôt de l'autre.

M. Turcaret. De la ronde[3], n'est-ce pas ?

Frontin. De la ronde, de l'oblique.

M. Turcaret. Comment de l'oblique ?

Frontin. Hé oui, d'une écriture que vous connaissez, là ; d'une certaine écriture qui n'est pas légitime.

M. Turcaret. Il veut dire de la bâtarde.

Frontin. Justement ; c'est ce mot-là que je cherchais.

M. Turcaret. Quelle ingénuité ! ce garçon-là, Madame, est bien niais.

La Baronne. Il se déniaisera dans vos bureaux.

M. Turcaret. Ho qu'oui, Madame, ho qu'oui ; d'ailleurs un bel esprit n'est pas nécessaire pour faire son chemin. Hors moi et deux ou trois autres,

---

1. L'auteur joue une fois de plus sur la polysémie des mots pour provoquer un effet comique. « Principes » peut signifier à la fois principes de morale (une belle ironie quand la question est posée à Frontin...) et premiers préceptes, règles élémentaires d'un art, d'une science, d'une profession dans ce cas.   2. La comptabilité en partie simple ne tient les comptes que des acheteurs et des fournisseurs. La comptabilité en partie double tient en plus les comptes du négociant, si bien que chaque opération donne lieu à une double inscription sur les livres. Mais l'expression « partie double » peut aussi vouloir dire que Frontin sait jouer double jeu.   3. Il existait alors trois sortes d'écritures : la ronde, la bâtarde et l'italienne, chacune réservée à la rédaction d'un type précis de document.

il n'y a parmi nous que des génies assez communs :
il suffit d'un certain usage, d'une routine que l'on
ne manque guère d'attraper. Nous voyons tant de
gens ! Nous nous étudions à prendre ce que le
monde a de meilleur ; voilà toute notre science.

La Baronne. Ce n'est pas la plus inutile de toutes.

M. Turcaret. Oh çà, mon ami, tu es à moi, et tes
gages courent dès ce moment[1].

Frontin. Je vous regarde donc, Monsieur, comme
mon nouveau maître : mais en qualité d'ancien
laquais de Monsieur le Chevalier, il faut que je
m'acquitte d'une commission dont il m'a chargé ;
il vous donne et à Madame sa cousine à souper ici
ce soir.

M. Turcaret. Très volontiers.

Frontin. Je vais ordonner chez Fite[2] toutes sortes de
ragoûts[3], avec vingt-quatre bouteilles de vin de
Champagne ; et pour égayer le repas vous aurez
des voix et des instruments.

La Baronne. De la musique, Frontin ?

Frontin. Oui, Madame, à telles enseignes que j'ai
ordre de commander cent bouteilles de Suresnes[4]
pour abreuver la symphonie.

La Baronne. Cent bouteilles !

Frontin. Ce n'est pas trop, Madame ; il y aura huit
concertants[5], quatre Italiens de Paris[6], trois chan-

---

1. Tu seras payé à compter d'aujourd'hui.   **2.** Traiteur parisien alors
célèbre.   **3.** Des mets apprêtés pour éveiller l'appétit.   **4.** Autrefois
le village de Suresnes (dans les environs de Paris), comme aujourd'hui
encore la commune de Montmartre, était planté de vignes. Voir la comédie de Dancourt *Les Vendanges de Suresnes* (1695), pièce toujours jouée
avec succès à la Comédie Française en 1709.   **5.** Ceux qui chantent
ou jouent leur partie dans un concert.   **6.** Plutôt que les comédiens de la troupe italienne, dispersée sur ordre de Louis XIV en 1697, il
s'agirait ici des chanteurs italiens, de retour à Paris à la fin du XVIIe siècle
et au début du XVIIIe, alors que le chant italien renaît discrètement dans
la capitale après plus de trente ans d'interdiction de jouer des opéras dans
cette langue.

teuses et deux gros-chantres[1].

M. TURCARET. Il a ma foi raison, ce n'est pas trop. Ce repas sera fort joli.

FRONTIN. Oh diable, quand Monsieur le Chevalier donne des soupers comme cela, il n'épargne rien, Monsieur.

M. TURCARET. J'en suis persuadé.

FRONTIN. Il semble qu'il ait à sa disposition la bourse d'un partisan.

LA BARONNE. Il veut dire qu'il fait les choses fort magnifiquement[2].

M. TURCARET. Qu'il est ingénu ! Hé bien nous verrons cela tantôt : et pour surcroît de réjouissance, j'amènerai ici Monsieur Gloutonneau le poète ; aussi bien, je ne saurais manger si je n'ai quelque bel esprit à ma table.

LA BARONNE. Vous me ferez plaisir. Cet auteur apparemment est fort brillant dans la conversation ?

M. TURCARET. Il ne dit pas quatre paroles dans un repas : mais il mange et pense beaucoup ; peste, c'est un homme bien agréable... Oh çà je cours chez Dautel[3] vous acheter...

LA BARONNE. Prenez garde à ce que vous ferez, je vous en prie, ne vous jetez point dans une dépense...

M. TURCARET. Hé fi, Madame, fi ; vous vous arrêtez à des minuties. Sans adieu, ma reine.

Il sort.

LA BARONNE. J'attends votre retour impatiemment.

---

1. Bien que le sens premier de « chantre » soit « maître de chœur dans une église », le mot doit manifestement se prendre ici dans son acception d « chanteur de rue ».   2. La Baronne tente d'atténuer la charge singulièrement ironique de la réplique de Frontin, le « partisan » étant un mot ouvertement péjoratif.   3. Le plus fameux marchand, vendeur, troqueur de « curiosités » (choses rares et curieuses) et de bijouterie à Paris. Sa boutique se trouvait à l'entrée du quai de la Mégisserie.

Scène 5

LA BARONNE, FRONTIN

LA BARONNE. Enfin te voilà en train de faire ta fortune.

FRONTIN. Oui, Madame, et en état de ne pas nuire à
la vôtre.

LA BARONNE. C'est à présent, Frontin, qu'il faut donner l'essor à ce génie supérieur...

FRONTIN. On tâchera de vous prouver qu'il n'est pas
médiocre.

LA BARONNE. Quand m'amènera-t-on cette fille ?

FRONTIN. Je l'attends ; je lui ai donné rendez-vous ici.

LA BARONNE. Tu m'avertiras quand elle sera venue.

Elle entre dans une autre chambre.

Scène 6

FRONTIN, *seul.*

Courage, Frontin, courage, mon ami ; la fortune
t'appelle : te voilà chez un homme d'affaires par le
canal d'une coquette. Quelle joie ! l'agréable perspective ! Je m'imagine que toutes les choses que je
vais toucher vont se convertir en or... Mais j'aperçois ma pupille.

Scène 7

FRONTIN, LISETTE

FRONTIN. Tu sois la bienvenue, Lisette ; on t'attend
avec impatience dans cette maison.

LISETTE. J'y entre avec une satisfaction dont je tire un
bon augure.

FRONTIN. Je t'ai mise au fait sur tout ce qui s'y passe
et sur tout ce qui s'y doit passer, tu n'as qu'à te
régler là-dessus : souviens-toi seulement qu'il faut
avoir une complaisance infatigable.

LISETTE. Il n'est pas besoin de me recommander cela.

FRONTIN. Flatte sans cesse l'entêtement que la Baronne a pour le Chevalier ; c'est là le point[1].

LISETTE. Tu me fatigues de leçons inutiles.

FRONTIN. Le voici qui vient.

LISETTE. Je ne l'avais point encore vu. Ah ! qu'il est bien fait, Frontin !

FRONTIN. Il ne faut pas être mal bâti pour donner de l'amour à une coquette.

Scène 8

LE CHEVALIER, FRONTIN, LISETTE

LE CHEVALIER. Je te rencontre à propos, Frontin, pour t'apprendre... Mais que vois-je ? Quelle est cette beauté brillante ?

FRONTIN. C'est une fille que je donne à Madame la Baronne pour remplacer Marine.

LE CHEVALIER. Et c'est sans doute une de tes amies ?

FRONTIN. Oui, Monsieur, il y a longtemps que nous nous connaissons ; je suis son répondant[2].

LE CHEVALIER. Bonne caution ! C'est faire son éloge en un mot. Elle est parbleu charmante. Monsieur le répondant, je me plains de vous.

FRONTIN. D'où vient ?

LE CHEVALIER. Je me plains de vous, vous dis-je ; vous savez toutes mes affaires, et vous me cachez les vôtres : vous n'êtes pas un ami sincère.

FRONTIN. Je n'ai pas voulu, Monsieur...

LE CHEVALIER. La confiance pourtant doit être réciproque : pourquoi m'avoir fait mystère d'une si belle découverte ?

FRONTIN. Ma foi, Monsieur, je craignais...

LE CHEVALIER. Quoi ?

---

1. C'est là le principal. 2. Celui qui se rend caution, garant pour quelqu'un.

FRONTIN. Oh, Monsieur, que diable, vous m'entendez de reste.

LE CHEVALIER. Le maraud ! où a-t-il été déterrer ce petit minois-là ? Frontin, Monsieur Frontin, vous avez le discernement fin et délicat quand vous faites un choix pour vous-même : mais vous n'avez pas le goût si bon pour vos amis. Ah ! la piquante représentation[1] ! l'adorable grisette[2] !

LISETTE. Que les jeunes seigneurs sont honnêtes !

LE CHEVALIER. Non, je n'ai jamais rien vu de si beau que cette créature-là.

LISETTE. Que leurs expressions sont flatteuses ! je ne m'étonne plus que les femmes les courent[3].

LE CHEVALIER. Faisons un troc, Frontin ; cède-moi cette fille-là, et je t'abandonne ma vieille Comtesse.

FRONTIN. Non, Monsieur, j'ai les inclinations roturières[4] ; je m'en tiens à Lisette, à qui j'ai donné ma foi.

LE CHEVALIER. Va, tu peux te vanter d'être le plus heureux faquin... Oui, belle Lisette, vous méritez...

LISETTE. Trêve de douceurs, Monsieur le Chevalier : je vais me présenter à ma maîtresse, qui ne m'a point encore vue : vous pouvez venir, si vous voulez, continuer devant elle la conversation.

Scène 9

LE CHEVALIER, FRONTIN

LE CHEVALIER. Parlons de choses sérieuses, Frontin. Je n'apporte point à la BARONNE l'argent de son billet.

---

1. Image.   **2.** Jeune femme de médiocre condition pouvant être coquette et galante.   **3.** On dit d'un homme recherché par les femmes que « les dames le courent ».   **4.** Frontin veut dire qu'il n'a pas l'ambition de courtiser des femmes de qualité (nobles).

FRONTIN. Tant pis.

LE CHEVALIER. J'ai été chercher un usurier qui m'a déjà prêté de l'argent ; mais il n'est plus à Paris : des affaires qui lui sont survenues, l'ont obligé d'en sortir brusquement : ainsi je vais te charger du billet.

FRONTIN. Pourquoi ?

LE CHEVALIER. Ne m'as-tu pas dit que tu connaissais un agent de change[1] qui te donnerait de l'argent à l'heure même ?

FRONTIN. Cela est vrai : mais que direz-vous à Madame la Baronne ? Si vous lui dites que vous avez encore son billet, elle verra bien que nous n'avions pas mis son brillant en gage ; car enfin elle n'ignore pas qu'un homme qui prête, ne se dessaisit pas pour rien de son nantissement[2].

LE CHEVALIER. Tu as raison ; aussi suis-je d'avis de lui dire que j'ai touché l'agent, qu'il est chez moi, et que demain matin tu le feras apporter ici : pendant ce temps-là cours chez ton agent de change, et fais porter au logis l'argent que tu en recevras : je vais t'y attendre aussitôt que j'aurai parlé à la Baronne.

Il entre dans la chambre de la Baronne.

Scène 10

FRONTIN, *seul.*

Je ne manque pas d'occupation, Dieu merci : il faut que j'aille chez le traiteur, de là chez l'agent de change ; de chez l'agent de change au logis, et puis il faudra que je revienne ici joindre Monsieur Turcaret : cela s'appelle, ce me semble, une vie

---

1. Celui dont l'emploi est de s'entremettre entre les marchands et les banquiers pour faciliter entre eux le commerce de l'argent, des lettres et des billets de change.   2. Ce qu'on donne à un créancier pour caution de son dû.

assez agissante ; mais patience, après quelque temps de fatigue et de peine, je parviendrai enfin à un état d'aise. Alors quelle satisfaction ! quelle tranquillité d'esprit ! Je n'aurai plus à mettre en repos que ma conscience.

Fin du second Acte.

ACTE III

Scène 1

La Baronne, Frontin, Lisette

La Baronne. Hé bien, Frontin, as-tu commandé le souper ? Fera-t-on grand' chère ?

Frontin. Je vous en réponds, Madame. Demandez à Lisette de quelle manière je régale pour mon compte, et jugez par là de ce que je sais faire lorsque je régale aux dépens des autres.

Lisette. Il est vrai, Madame, vous pouvez vous en fier à lui.

Frontin. Monsieur le Chevalier m'attend : je vais lui rendre compte de l'arrangement de son repas ; et puis je viendrai ici prendre possession de Monsieur Turcaret mon nouveau maître.

Il sort.

Scène 2

La Baronne, Lisette

Lisette. Ce garçon-là est un garçon de mérite, Madame.

La Baronne. Il me paraît que vous n'en manquez pas vous, Lisette.

Lisette. Il a beaucoup de savoir-faire.

La Baronne. Je ne vous crois pas moins habile.

Lisette. Je serais bien heureuse, Madame, si mes petits talents pouvaient vous être utiles.

La Baronne. Je suis contente de vous : mais j'ai

un avis à vous donner, je ne veux pas qu'on me
flatte.

LISETTE. Je suis ennemie de la flatterie.

LA BARONNE. Surtout quand je vous consulterai sur
des choses qui me regarderont[1], soyez sincère.

LISETTE. Je n'y manquerai pas.

LA BARONNE. Je vous trouve pourtant trop de complaisance.

LISETTE. À moi, Madame !

LA BARONNE. Oui, vous ne combattez pas assez les
sentiments que j'ai pour le Chevalier.

LISETTE. Hé pourquoi les combattre ? ils sont si rai-
sonnables.

LA BARONNE. J'avoue que le Chevalier me paraît digne
de toute ma tendresse.

LISETTE. J'en fais le même jugement.

LA BARONNE. Il a pour moi une passion véritable et
constante.

LISETTE. Un chevalier fidèle et sincère ; on n'en voit
guère comme cela.

LA BARONNE. Aujourd'hui même encore il m'a sacrifié une comtesse.

LISETTE. Une comtesse ?

LA BARONNE. Elle n'est pas, à la vérité, dans la première jeunesse.

LISETTE. C'est ce qui rend le sacrifice plus beau. Je
connais messieurs les chevaliers : une vieille dame
leur coûte plus qu'une autre à sacrifier.

LA BARONNE. Il vient de me rendre compte d'un billet
que je lui ai confié. Que je lui trouve de bonne foi !

LISETTE. Cela est admirable.

LA BARONNE. Il a une probité qui va jusqu'au scrupule.

LISETTE. Mais, mais, voilà un chevalier unique en son
espèce.

---

1. Qui me toucheront de près.

LA BARONNE. Taisons-nous, j'aperçois Monsieur Turcaret.

Scène 3

M. TURCARET, LISETTE, LA BARONNE

M. TURCARET. Je viens, Madame... Oh, oh ! vous avez
une nouvelle femme de chambre.

LA BARONNE. Oui, Monsieur ; que vous semble de
celle-ci ?

M. TURCARET. Ce qu'il m'en semble ! elle me revient
assez ; il faudra que nous fassions connaissance.

LISETTE. La connaissance sera bientôt faite, Monsieur.

LA BARONNE, *à Lisette.* Vous savez qu'on soupe ici ;
donnez ordre que nous ayons un couvert propre[1],
et que l'appartement soit bien éclairé.

M. TURCARET. Je crois cette fille-là fort raisonnable.

LA BARONNE. Elle est fort dans vos intérêts du moins.

M. TURCARET. Je lui en sais bon gré. Je viens,
Madame, de vous acheter pour dix mille francs[2] de
glaces, de porcelaines et de bureaux[3] : ils sont d'un
goût exquis, je les ai choisis moi-même.

LA BARONNE. Vous êtes universel, Monsieur, vous
vous connaissez à tout.

M. TURCARET. Oui, grâces au Ciel, et surtout en bâti-
ment. Vous verrez, vous verrez l'hôtel que je vais
faire bâtir.

LA BARONNE. Quoi, vous allez faire bâtir un hôtel ?

M. TURCARET. J'ai déjà acheté la place, qui contient
quatre arpents, six perches, neuf toises, trois pieds

---

1. Approprié à cette réception.   2. Le franc est équivalent à la livre.
3. Petites tables à tiroirs et à tablettes.

et onze pouces[1]. N'est-ce pas là une belle éten-
due ?

LA BARONNE. Fort belle.

M. TURCARET. Le logis sera magnifique ; je ne veux
pas qu'il y manque un zéro[2], je le ferais plutôt
abattre deux ou trois fois[3].

LA BARONNE. Je n'en doute pas.

M. TURCARET. Malepeste, je n'ai garde de faire
quelque chose de commun, je me ferais siffler[4] de
tous les gens d'affaires.

LA BARONNE. Assurément.

M. TURCARET. Quel homme entre ici ?

LA BARONNE. C'est ce jeune marquis dont je vous ai
dit que Marine avait épousé les intérêts. Je me pas-
serais bien de ses visites, elles ne me font aucun
plaisir.

Scène 4

M. TURCARET, LA BARONNE, LE MARQUIS

LE MARQUIS. Je parie que je ne trouverai point encore
ici le Chevalier.

M. TURCARET, *bas*. Ah morbleu, c'est le Marquis de
la Tribaudière. La fâcheuse rencontre !

LE MARQUIS. Il y a près de deux jours que je le
cherche... Hé ! que vois-je ? oui... non... pardonnez-moi... justement... c'est lui-même, Monsieur
Turcaret. Que faites-vous de cet homme-là,
Madame ? Vous le connaissez ! vous empruntez
sur gages. Palsambleu il vous ruinera.

LA BARONNE. Monsieur le Marquis.

---

1. Arpents, perches, toises, pieds et pouces : anciennes mesures agraires,
un arpent valant un demi-hectare environ. C'est dire que le terrain acheté
par Turcaret dépasse deux hectares, soit 20 000 m².   **2.** Je veux qu'il
n'y manque rien.   **3.** La propension du financier Turcaret à accumu-
ler des chiffres dans son discours est un trait comique récurrent : voir également sa réplique précédente et le dernier vers de son billet galant à la
Baronne (I, 4).   **4.** Je me ferais désapprouver et moquer.

LE MARQUIS. Il vous pillera, il vous écorchera, je vous en avertis. C'est l'usurier le plus vif ! Il vend son argent au poids de l'or.

M. TURCARET, *bas*. J'aurais mieux fait de m'en aller.

LA BARONNE. Vous vous méprenez, Monsieur le Marquis ; Monsieur Turcaret passe dans le monde pour un homme de bien et d'honneur.

LE MARQUIS. Aussi l'est-il, Madame, aussi l'est-il ; il aime le bien des hommes et l'honneur des femmes : il a cette réputation-là.

M. TURCARET. Vous aimez à plaisanter, Monsieur le Marquis. Il est badin[1], Madame, il est badin : ne le connaissez-vous pas sur ce pied-là[2] ?

LA BARONNE. Oui ; je comprends bien qu'il badine, ou qu'il est mal informé.

LE MARQUIS. Mal informé ! Morbleu, Madame, personne ne saurait vous en parler mieux que moi : il a de mes nippes[3] actuellement.

M. TURCARET. De vos nippes, Monsieur ? Oh je ferais bien serment du contraire.

LE MARQUIS. Ah parbleu, vous avez raison. Le diamant est à vous à l'heure qu'il est, selon nos conventions ; j'ai laissé passer le terme.

LA BARONNE. Expliquez-moi tous deux cette énigme.

M. TURCARET. Il n'y a point d'énigme là-dedans, Madame, je ne sais ce que c'est.

LE MARQUIS. Il a raison, cela est fort clair, il n'y a point d'énigme. J'eus besoin d'argent il y a quinze mois, j'avais un brillant de cinq cents louis[4] : on m'adressa à Monsieur Turcaret ; Monsieur Turcaret me renvoya à un de ses commis, à un certain Monsieur Ra, ra, Rafle : c'est celui qui tient

_____

1. Il est facétieux.   **2.** Sous ce jour, sous cet angle-là.   **3.** Aussi bien meubles, qu'habits, et tout ce qui sert à la parure.   **4.** Monnaie ainsi appelée depuis Louis XIII du nom des rois qui l'ont fait battre. En 1709, le louis vaut 17 livres/francs. Le Marquis estime donc que son diamant valait 8 500 livres.

son bureau d'usure. Cet honnête Monsieur Rafle me prêta sur ma bague onze cent trente-deux livres six sous huit deniers[1] ; il me prescrivit un temps pour la retirer : je ne suis pas fort exact, moi, le temps est passé, mon diamant est perdu.

M. TURCARET. Monsieur le Marquis, Monsieur le Marquis, ne me confondez point avec Monsieur Rafle, je vous prie : c'est un fripon que j'ai chassé de chez moi : s'il a fait quelque mauvaise manœuvre, vous avez la voie de la justice ; je ne sais ce que c'est que votre brillant, je ne l'ai jamais vu ni manié.

LE MARQUIS. Il me venait de ma tante ; c'était un des plus beaux brillants ! Il était d'une netteté, d'une forme, d'une grosseur à peu près comme... *(Il regarde le diamant de la Baronne.)* Hé... le voilà, Madame ; vous vous en êtes accommodée avec Monsieur Turcaret, apparemment.

LA BARONNE. Autre méprise, Monsieur ; je l'ai acheté assez cher même, d'une revendeuse à la toilette[2].

LE MARQUIS. Cela vient de lui, Madame ; il a des revendeuses à sa disposition, et à ce qu'on dit même, dans sa famille.

M. TURCARET. Monsieur, Monsieur.

LA BARONNE. Vous êtes insultant, Monsieur le Marquis.

LE MARQUIS. Non Madame, mon dessein n'est pas d'insulter : je suis trop serviteur[3] de Monsieur Turcaret, quoiqu'il me traite durement. Nous avons eu autrefois ensemble un petit commerce

---

1. Livres, sous, deniers : anciennes monnaies ; la livre se divise en 20 sols et le sol se divise en 12 deniers. Ce qui signifie que « l'honnête » M. Rafle a prêté au Marquis une somme qui ne représente que 13 % de la valeur de son diamant. Ce qui n'a pas pour autant incité ledit Marquis (insouciant ? négligent ?) à retirer sa bague en temps voulu.   2. Voir la définition de ce mot dans la liste des personnages.   3. Terme de civilité qui veut également dire ici, au sens figuré, « attaché à ».

d'amitié[1] ; il était laquais de mon grand-père ; il me portait sur ses bras ; nous jouions tous les jours ensemble ; nous ne nous quittions presque point ; le petit ingrat ne s'en souvient plus.

M. TURCARET. Je me souviens, je me souviens ; le passé est passé, je ne songe qu'au présent.

LA BARONNE. De grâce, Monsieur le Marquis, changeons de discours. Vous cherchez Monsieur le Chevalier ?

LE MARQUIS. Je le cherche partout, Madame, aux spectacles, au cabaret, au bal, au lansquenet ; je ne le trouve nulle part ; ce coquin se débauche, il devient libertin[2].

LA BARONNE. Je lui en ferai des reproches.

LE MARQUIS. Je vous en prie. Pour moi, je ne change point ; je mène une vie réglée[3], je suis toujours à table, et l'on me fait crédit chez Fite et chez La Morlière[4], parce que l'on sait que je dois bientôt hériter d'une vieille tante, et qu'on me voit une disposition plus que prochaine à manger sa succession.

LA BARONNE. Vous n'êtes pas une mauvaise pratique[5] pour les traiteurs.

LE MARQUIS. Non, Madame, ni pour les traitants[6] ; n'est-ce pas, Monsieur Turcaret ? Ma tante pourtant veut que je me corrige : et pour lui faire

---

1. Il convient d'entendre « relation d'amitié » sans toutefois exclure une réverbération du premier sens du mot (négoce d'argent) qui s'applique en fait à la relation présente entre le Marquis et Turcaret. **2.** Personne qui s'adonne aux plaisirs avec un certain raffinement et ne suit pas les lois de la religion. À prendre avec humour de la part du Marquis. Lui-même est, comme le Chevalier, un libertin de longue date et il s'en amuse.   **3.** Une vie réglée, par opposition à la vie déréglée du libertin. Le Marquis poursuit sur le même ton de plaisanterie, tout en sachant que la Baronne ne se fait aucune illusion sur la prétendue moralité de sa conduite.   **4.** Autre traiteur fameux de l'époque.   **5.** Un mauvais client.   **6.** Relevons le jeu sur la paronymie de ces deux mots, « traiteurs » / « traitants », qui est aussi un raccourci saisissant de la vie du Marquis, oscillant entre ces deux fournisseurs.

accroire qu'il y a déjà du changement dans ma
conduite, je vais la voir dans l'état où je suis ; elle
sera toute étonnée de me trouver si raisonnable ;
car elle m'a presque toujours vu ivre.

LA BARONNE. Effectivement, Monsieur le Marquis,
c'est une nouveauté que de vous voir autrement :
vous avez fait aujourd'hui un excès de sobriété[1].

LE MARQUIS. J'ai soupé hier avec trois des plus jolies
femmes de Paris ; nous avons bu jusqu'au jour, et
j'ai été faire un petit somme chez moi, afin de pouvoir me présenter à jeun devant ma tante.

LA BARONNE. Vous avez bien de la prudence.

LE MARQUIS. Adieu, ma toute aimable, dites au Chevalier qu'il se rende un peu à ses amis ; prêtez-
le-nous quelquefois, ou je viendrai si souvent ici
que je l'y trouverai. Adieu Monsieur Turcaret ; je
n'ai point de rancune au moins : touchez-là,
renouvelons notre ancienne amitié ; mais dites un
peu à votre âme damnée, à ce Monsieur Rafle,
qu'il me traite plus humainement la première fois[2]
que j'aurai besoin de lui.

Scène 5

M. TURCARET, LA BARONNE

M. TURCARET. Voilà une mauvaise connaissance,
Madame ; c'est le plus grand fou, et le plus grand
menteur que je connaisse.

LA BARONNE. C'est en dire beaucoup.

M. TURCARET. Que j'ai souffert pendant cet entretien !

LA BARONNE. Je m'en suis aperçue.

M. TURCARET. Je n'aime point les malhonnêtes gens.

LA BARONNE. Vous avez bien raison.

---

1. Cet oxymore atteste que la Baronne n'est pas de reste dans le badinage verbal, alors que Turcaret, lui, demeure coi. Il est exclu de cette
connivence de classe qui allie finesse et dérision.   2. La prochaine fois.

M. Turcaret. J'ai été si surpris d'entendre les choses qu'il a dites, que je n'ai pas eu la force de répondre ; ne l'avez-vous pas remarqué ?

La Baronne. Vous en avez usé sagement, j'ai admiré votre modération.

M. Turcaret. Moi, usurier, quelle calomnie !

La Baronne. Cela regarde plus Monsieur Rafle que vous.

M. Turcaret. Vouloir faire aux gens un crime de leur prêter sur gages ! il vaut mieux prêter sur gages, que prêter sur rien.

La Baronne. Assurément.

M. Turcaret. Me venir dire au nez que j'ai été laquais de son grand-père ; rien n'est plus faux, je n'ai jamais été que son homme d'affaires.

La Baronne. Quand cela serait vrai : le beau reproche ! Il y a si longtemps ! Cela est prescrit.

M. Turcaret. Oui sans doute.

La Baronne. Ces sortes de mauvais contes ne font aucune impression sur mon esprit ; vous êtes trop bien établi dans mon cœur.

M. Turcaret. C'est trop de grâce que vous me faites.

La Baronne. Vous êtes un homme de mérite.

M. Turcaret. Vous vous moquez.

La Baronne. Un vrai homme d'honneur.

M. Turcaret. Oh point du tout.

La Baronne. Et vous avez trop l'air et les manières d'une personne de condition, pour pouvoir être soupçonné de ne l'être pas.

Scène 6

M. Turcaret, La Baronne, Flamand

Flamand. Monsieur.

M. Turcaret. Que me veux-tu ?

Flamand. Il est là-bas qui vous demande.

M. Turcaret. Qui ? butor.

FLAMAND. Ce Monsieur que vous savez ; là ce Monsieur... Monsieur chose...

M. TURCARET. Monsieur chose !

FLAMAND. Hé oui, ce commis que vous aimez tant. Drès[1] qu'il vient pour deviser avec vous, tout aussitôt vous faites sortir tout le monde, et ne voulez pas que personne vous écoute.

M. TURCARET. C'est Monsieur Rafle apparemment.

FLAMAND. Oui, tout fin dret[2], Monsieur, c'est lui-même.

M. TURCARET. Je vais le trouver, qu'il m'attende.

LA BARONNE. Ne disiez-vous pas que vous l'aviez chassé ?

M. TURCARET. Oui, et c'est pour cela qu'il vient ici, il cherche à se raccommoder. Dans le fond c'est un assez bon homme, homme de confiance. Je vais savoir ce qu'il me veut.

LA BARONNE. Hé non, non : faites-le monter, Flamand. Monsieur, vous lui parlerez dans cette salle ; n'êtes-vous pas ici chez vous ?

M. TURCARET. Vous êtes bien honnête, Madame.

LA BARONNE. Je ne veux point troubler votre conversation, je vous laisse : n'oubliez pas la prière que je vous ai faite en faveur de Flamand.

M. TURCARET. Mes ordres sont déjà donnés pour cela, vous serez contente.

Scène 7

M. TURCARET, M. RAFLE

M. TURCARET. De quoi est-il question, Monsieur Rafle ? pourquoi me venir chercher jusqu'ici ? Ne savez-vous pas bien que quand on vient chez les

---

1. « Drès » pour « dès que », déformation qui trahit à nouveau la rusticité de Flamand. 2. Doit-on comprendre « tout juste » ?

dames ce n'est pas pour y entendre parler
d'affaires ?

M. RAFLE. L'importance de celles que j'ai à vous com-
muniquer doit me servir d'excuse.

M. TURCARET. Qu'est-ce que c'est donc que ces
choses d'importance ?

M. RAFLE. Peut-on parler ici librement ?

M. TURCARET. Oui, vous le pouvez ; je suis le maître.
Parlez.

M. RAFLE, *regardant dans un bordereau*[1]. Premièrement. Cet enfant de famille à qui nous prêtâmes
l'année passée trois mille livres, et à qui je fis faire
un billet de neuf[2] par votre ordre, se voyant sur le
point d'être inquiété pour le paiement, a déclaré
la chose à son oncle le Président, qui, de concert
avec toute la famille, travaille actuellement à vous
perdre.

M. TURCARET. Peine perdue que ce travail-là ; lais-
sons-les venir. Je ne prends pas facilement l'épou-
vante.

M. RAFLE, *après avoir regardé dans son bordereau*. Ce
caissier que vous avez cautionné, et qui vient de
faire banqueroute de deux cent mille écus...

M. TURCARET. C'est par mon ordre qu'il...[3] je sais où
il est.

M. RAFLE. Mais les procédures se font contre vous ;
l'affaire est sérieuse et pressante.

M. TURCARET. On l'accommodera[4] ; j'ai pris mes
mesures, cela sera réglé demain.

M. RAFLE. J'ai peur que ce ne soit trop tard.

M. TURCARET. Vous êtes trop timide[5]. Avez-vous

---

1. Dans un registre.   2. Alors qu'il n'a prêté que 3 000 livres, Rafle
— pour le compte de Turcaret — a fait signer au jeune homme une reconnaissance de dette de 9 000 livres, se ménageant un intérêt de 6 000 livres.
3. Peut avoir deux significations : « C'est par mon ordre qu'il a fait une
banqueroute frauduleuse (en feignant l'insolvabilité) » ou/et « C'est par
mon ordre qu'il a pris la fuite ».   4. On l'arrangera.   5. Vous êtes
trop timoré.

passé[1] chez ce jeune homme de la rue Quincam-
poix[2], à qui j'ai fait avoir une caisse[3] ?

M. RAFLE. Oui, Monsieur. Il veut bien vous prêter
vingt mille francs des premiers deniers[4] qu'il tou-
chera, à condition qu'il fera valoir à son profit ce
qui pourra lui rester à la Compagnie, et que vous
prendrez son parti, si l'on vient à s'apercevoir de
la manœuvre.

M. TURCARET. Cela est dans les règles, il n'y a rien
de plus juste ; voilà un garçon raisonnable. Vous
lui direz, Monsieur Rafle, que je le protégerai dans
toutes ses affaires. Y a-t-il encore quelque chose ?

M. RAFLE, *après avoir regardé dans le bordereau.* Ce
grand homme sec, qui vous donna il y a deux mois
deux mille francs pour une direction que vous lui
avez fait avoir à Valognes[5]...

M. TURCARET. Hé bien ?

M. RAFLE. Il lui est arrivé un malheur.

M. TURCARET. Quoi ?

M. RAFLE. On a surpris sa bonne foi, on lui a volé
quinze mille francs. Dans le fond il est trop bon.

M. TURCARET. Trop bon, trop bon ! hé pourquoi
diable, s'est-il donc mis dans les affaires ? trop bon,
trop bon.

M. RAFLE. Il m'a écrit une lettre fort touchante, par
laquelle il vous prie d'avoir pitié de lui.

M. TURCARET. Papier perdu ! lettre inutile !

M. RAFLE. Et de faire en sorte qu'il ne soit point révoqué.

M. TURCARET. Je ferai plutôt en sorte qu'il le soit ;

---

1. Êtes-vous passé.   2. Rue de Paris qui existe toujours sous ce nom.
Avant la Révolution elle était au centre d'un quartier où prospéraient
banques et commerces de l'argent. En 1719, le célèbre Law y installera
sa banque générale.   3. Caisse d'une administration fiscale.   4. Des
premiers impôts qu'il percevra.   5. Petite ville en Basse-Normandie.
Cette précision géographique aura son importance par la suite.

l'emploi me reviendra, je le donnerai à un autre
pour le même prix.

M. RAFLE. C'est ce que j'ai pensé comme vous.

M. TURCARET. J'agirais contre mes intérêts ! Je mériterais d'être cassé[1] à la tête de la Compagnie.

M. RAFLE. Je ne suis pas plus sensible que vous aux
plaintes des sots... Je lui ai déjà fait réponse, et lui
ai mandé[2] tout net qu'il ne devait point compter
sur vous.

M. TURCARET. Non parbleu.

M. RAFLE, *regardant dans son bordereau*. Voulez-vous
prendre au denier quatorze[3] cinq mille francs
qu'un honnête serrurier de ma connaissance a
amassés par son travail et par ses épargnes ?

M. TURCARET. Oui, oui, cela est bon ; je lui ferai ce
plaisir-là : allez me le chercher ; je serai au logis
dans un quart d'heure ; qu'il apporte l'espèce.
Allez, allez...

M. RAFLE, *s'en allant et revenant*. J'oubliais la principale affaire : je ne l'ai pas mise sur mon agenda.

M. TURCARET. Qu'est-ce que c'est, que cette principale affaire ?

M. RAFLE. Une nouvelle qui vous surprendra fort.
Madame Turcaret est à Paris.

M. TURCARET. Parlez bas. Monsieur Rafle, parlez bas.

M. RAFLE. Je la rencontrai hier dans un fiacre, avec
une manière de jeune seigneur, dont le visage ne

---

1. Je mériterais d'être démis de mes fonctions.   **2.** Lui ai fait savoir
clairement.   **3.** Denier signifie ici « intérêt d'une somme principale ».
Le taux légal d'intérêt de l'époque était le denier vingt. « Mettre son argent
au denier vingt » voulait dire le donner à rente pour en tirer tous les ans
des intérêts représentant la vingtième partie de la somme. On dirait
aujourd'hui, argent placé à 5 %. « Au denier quatorze » signifie que Rafle,
toujours pour le compte de Turcaret, propose un taux d'intérêt légère-
ment plus avantageux pour l'épargnant (7,14 %). Une bonne façon de
drainer des capitaux qu'il fera fructifier à des taux autrement plus impor-
tants (voir le prêt à l'enfant de famille plus haut).

m'est pas tout à fait inconnu, et que je viens de trouver dans cette rue-ci en arrivant.

M. TURCARET. Vous ne lui parlâtes point ?

M. RAFLE. Non ; mais elle m'a fait prier ce matin de ne vous en rien dire, et de vous faire souvenir seulement qu'il lui est dû quinze mois de la pension de quatre mille livres que vous lui donnez pour la tenir en province. Elle ne s'en retournera point qu'elle ne soit payée.

M. TURCARET. Oh ventrebleu, Monsieur Rafle, qu'elle le soit ! Défaisons-nous promptement de cette créature-là ! Vous lui porterez dès aujourd'hui les cinq cents pistoles du serrurier : mais qu'elle parte dès demain.

M. RAFLE. Oh elle ne demandera pas mieux ! Je vais chercher le bourgeois[1] et le mener chez vous.

M. TURCARET. Vous m'y trouverez.

Scène 8

M. TURCARET, *seul*.

Malepeste ! Ce serait une sotte aventure, si Madame Turcaret s'avisait de venir en cette maison : elle me perdrait dans l'esprit de ma Baronne, à qui j'ai fait accroire que j'étais veuf.

Scène 9

M. TURCARET, LISETTE

LISETTE. Madame m'a envoyée savoir, Monsieur, si vous étiez encore ici en affaire.

M. TURCARET. Je n'en avais point, mon enfant ; ce sont des bagatelles, dont de pauvres diables de commis s'embarrassent la tête ; parce qu'ils ne sont pas faits pour les grandes choses.

---

1. Roturier par opposition à gentilhomme.

Scène 10

M. TURCARET, LISETTE, FRONTIN

FRONTIN. Je suis ravi, Monsieur, de vous trouver en conversation avec cette aimable personne : quelque intérêt que j'y prenne, je me garderai bien de troubler un si doux entretien.

M. TURCARET. Tu ne seras point de trop : approche, Frontin, je te regarde comme un homme tout à moi, et je veux que tu m'aides à gagner l'amitié de cette fille-là.

LISETTE. Cela ne sera pas bien difficile.

FRONTIN. Oh pour cela non. Je ne sais pas, Monsieur, sous quelle heureuse étoile vous êtes né ; mais tout le monde a naturellement un grand faible pour vous.

M. TURCARET. Cela ne vient point de l'étoile, cela vient des manières.

LISETTE. Vous les avez si belles, si prévenantes...

M. TURCARET. Comment le sais-tu ?

LISETTE. Depuis le temps que je suis ici, je n'entends dire autre chose à Madame la Baronne.

M. TURCARET. Tout de bon ?

FRONTIN. Cette femme-là ne saurait cacher sa faiblesse ; elle vous aime si tendrement... Demandez, demandez à Lisette.

LISETTE. Oh ! C'est vous qu'il en faut croire, Monsieur Frontin.

FRONTIN. Non ; je ne comprends pas moi-même tout ce que je sais là-dessus : et ce qui m'étonne davantage, c'est l'excès où cette passion est parvenue, sans pourtant que Monsieur Turcaret se soit donné beaucoup de peine pour chercher à la mériter.

M. TURCARET. Comment, comment l'entends-tu ?

FRONTIN. Je vous ai vu vingt fois, Monsieur, manquer d'attention pour certaines choses...

M. TURCARET. Ho parbleu, je n'ai rien à me reprocher là-dessus.

LISETTE. Oh non ; je suis sûre que Monsieur n'est pas homme à laisser échapper la moindre occasion de faire plaisir aux personnes qu'il aime. Ce n'est que par là qu'on mérite d'être aimé.

FRONTIN. Cependant Monsieur ne le mérite pas autant que je le voudrais.

M. TURCARET. Explique-toi donc.

FRONTIN. Oui ; mais ne trouverez-vous point mauvais qu'en serviteur fidèle et sincère je prenne la liberté de vous parler à cœur ouvert ?

M. TURCARET. Parle.

FRONTIN. Vous ne répondez pas assez à l'amour que Madame la Baronne a pour vous.

M. TURCARET. Je n'y réponds pas !

FRONTIN. Non, Monsieur. Je t'en fais juge, Lisette. Monsieur avec tout son esprit fait des fautes d'attention.

M. TURCARET. Qu'appelles-tu donc des fautes d'attention ?

FRONTIN. Un certain oubli, certaine négligence...

M. TURCARET. Mais encore ?

FRONTIN. Mais, par exemple. N'est-ce pas une chose honteuse que vous n'ayez pas encore songé à lui faire présent d'un équipage[1] ?

LISETTE. Ah pour cela, Monsieur, il a raison ! Vos commis en donnent bien à leurs maîtresses.

M. TURCARET. À quoi bon un équipage ? N'a-t-elle pas le mien dont elle dispose quand il lui plaît ?

FRONTIN. Oh, Monsieur ! Avoir un carrosse à soi, ou être obligé d'emprunter ceux de ses amis, cela est bien différent.

_____

1. Carrosse, chevaux, harnachement.

LISETTE. Vous êtes trop dans le monde pour ne le pas connaître. La plupart des femmes sont plus sensibles à la vanité d'avoir un équipage, qu'au plaisir même de s'en servir.

M. TURCARET. Oui, je comprends cela.

FRONTIN. Cette fille-là, Monsieur, est de fort bon sens. Elle ne parle pas mal au moins !

M. TURCARET. Je ne te trouve pas si sot non plus que je t'ai cru d'abord, toi, Frontin.

FRONTIN. Depuis que j'ai l'honneur d'être à votre service, je sens de moment en moment que l'esprit me vient. Oh ! Je prévois que je profiterai beaucoup avec vous[1].

M. TURCARET. Il ne tiendra qu'à toi.

FRONTIN. Je vous proteste[2], Monsieur, que je ne manque pas de bonne volonté. Je donnerais donc à Madame la Baronne un bon grand carrosse bien étoffé[3].

M. TURCARET. Elle en aura un. Vos réflexions sont justes ; elles me déterminent.

FRONTIN. Je savais bien que ce n'était qu'une faute d'attention.

M. TURCARET. Sans doute : et pour marque de cela je vais de ce pas commander un carrosse.

FRONTIN. Fi donc, Monsieur, il ne faut pas que vous paraissiez là-dedans vous ; il ne serait pas honnête que l'on sût dans le monde que vous donnez un carrosse à Madame la Baronne. Servez-vous d'un tiers, d'une main étrangère, mais fidèle. Je connais deux ou trois selliers[4] qui ne savent point encore que je suis à vous, si vous voulez, je me chargerai du soin...

M. TURCARET. Volontiers ; tu me parais assez entendu,

---

1. Nouvel effet comique tenant à l'ambivalence du verbe « profiter » : apprendre et s'enrichir.   2. Je vous assure.   3. Garni de tout ce qui est nécessaire, soit pour la commodité, soit pour l'ornement.   4. Artisans fabriquant des selles et équipant des carrosses.

je m'en rapporte à toi : voilà soixante pistoles que j'ai de reste dans ma bourse, tu les donneras à compte[1].

FRONTIN. Je n'y manquerai pas, Monsieur. À l'égard des chevaux, j'ai un maître maquignon qui est mon neveu à la mode de Bretagne ; il vous en fournira de fort beaux.

M. TURCARET. Qu'il me vendra bien cher, n'est-ce pas ?

FRONTIN. Non, Monsieur, il vous les vendra en conscience.

M. TURCARET. La conscience d'un maquignon.

FRONTIN. Oh ! je vous en réponds, comme de la mienne.

M. TURCARET. Sur ce pied-là[2], je me servirai de lui.

FRONTIN. Autre faute d'attention.

M. TURCARET. Oh ! va te promener avec tes fautes d'attention : ce coquin-là me ruinerait à la fin. Tu diras de ma part à Madame la Baronne qu'une affaire qui sera bientôt terminée m'appelle au logis.

Scène 11

FRONTIN, LISETTE

FRONTIN. Cela ne commence pas mal.

LISETTE. Non, pour Madame la Baronne. Mais pour nous ?

FRONTIN. Voilà toujours soixante pistoles que nous pouvons garder : je les gagnerai bien sur l'équipage ; serre-les[3] ; ce sont les premiers fondements de notre communauté.

LISETTE. Oui ; mais il faut promptement bâtir sur ces fondements-là : car je fais des réflexions morales, je t'en avertis.

FRONTIN. Peut-on les savoir ?

---

1. En acompte. 2. Dans ce cas. 3. Mets-les en lieu sûr.

LISETTE. Je m'ennuie d'être soubrette.

FRONTIN. Comment diable ! Tu deviens ambitieuse ?

LISETTE. Oui, mon enfant. Il faut que l'air qu'on respire dans une maison fréquentée par un financier,
soit contraire à la modestie ; car depuis le peu de
temps que j'y suis, il me vient des idées de grandeur que je n'ai jamais eues. Hâte-toi d'amasser du
bien ; autrement, quelque engagement que nous
ayons ensemble, le premier riche faquin[1] qui viendra pour m'épouser...

FRONTIN. Mais donne-moi donc le temps de m'enrichir.

LISETTE. Je te donne trois ans ; c'est assez pour un
homme d'esprit.

FRONTIN. Je ne te demande pas davantage : c'est
assez, ma princesse, je vais ne rien épargner pour
vous mériter : et si je manque d'y réussir, ce ne
sera pas faute d'attention.

Scène 12

LISETTE, *seule.*

Je ne saurais m'empêcher d'aimer ce Frontin,
c'est mon Chevalier, à moi ; et au train que je lui
vois prendre, j'ai un secret pressentiment qu'avec
ce garçon-là, je deviendrai quelque jour femme de
qualité[2].

Fin du troisième Acte.

---

1. À l'origine portefaix, puis homme de rien et méprisable.   2. Relevons que Lisette aspire pour elle-même au statut que Marine ambition-
nait pour sa maîtresse (I, 1).

ACTE IV

Scène 1

LE CHEVALIER, FRONTIN

LE CHEVALIER. Que fais-tu ici ? ne m'avais-tu pas dit que tu retournerais chez ton agent de change ? est-ce que tu ne l'aurais pas encore trouvé au logis ?

FRONTIN. Pardonnez-moi, Monsieur ; mais il n'était pas en fonds ; il n'avait pas chez lui toute la somme ; il m'a dit de retourner ce soir. Je vais vous rendre le billet, si vous voulez.

LE CHEVALIER. Hé garde-le ; que veux-tu que j'en fasse ? La Baronne est là-dedans, que fait-elle ?

FRONTIN. Elle s'entretient avec Lisette d'un carrosse que je vais ordonner pour elle, et d'une certaine maison de campagne qui lui plaît, et qu'elle veut louer en attendant que je lui en fasse faire l'acquisition.

LE CHEVALIER. Un carrosse, une maison de campagne ! Quelle folie !

FRONTIN. Oui : mais tout cela se doit faire aux dépens de Monsieur Turcaret. Quelle sagesse !

LE CHEVALIER. Cela change la thèse.

FRONTIN. Il n'y a qu'une chose qui l'embarrassait.

LE CHEVALIER. Hé quoi ?

FRONTIN. Une petite bagatelle.

LE CHEVALIER. Dis-moi donc ce que c'est ?

FRONTIN. Il faut meubler cette maison de campagne ; elle ne savait comment engager à cela Monsieur Turcaret ; mais le génie supérieur qu'elle a placé auprès de lui s'est chargé de ce soin-là.

LE CHEVALIER. De quelle manière t'y prendras-tu ?

FRONTIN. Je vais chercher un vieux coquin de ma connaissance qui nous aidera à tirer dix mille francs dont nous avons besoin pour nous meubler.

LE CHEVALIER. As-tu bien fait attention à ton stratagème ?

FRONTIN. Oh qu'oui, Monsieur, c'est mon fort que l'attention[1] ; j'ai tout cela dans ma tête, ne vous mettez pas en peine ; un petit acte supposé[2]... un faux exploit[3]...

LE CHEVALIER. Mais prends-y garde, Frontin, Monsieur Turcaret sait les affaires.

FRONTIN. Mon vieux coquin les sait encore mieux que lui : c'est le plus habile, le plus intelligent écrivain[4]...

LE CHEVALIER. C'est une autre chose.

FRONTIN. Il a presque toujours eu son logement dans les maisons du roi[5], à cause de ses écritures.

LE CHEVALIER. Je n'ai plus rien à te dire.

FRONTIN. Je sais où le trouver à coup sûr, et nos machines[6] seront bientôt prêtes : Adieu voilà Monsieur le Marquis qui vous cherche.

Scène 2

LE CHEVALIER, LE MARQUIS

LE MARQUIS. Ah palsambleu, Chevalier, tu deviens bien rare, on ne te trouve nulle part ; il y a vingt-

---

1. Ricochet ultime d'une série plaisante de répétitions du mot « attention » depuis l'Acte III, scène 10.   **2.** L'acte est une pièce juridique écrite qui constate un fait, une convention ou une obligation ; « supposé » : allégué comme vrai, en parlant de quelque chose de faux.   **3.** Acte donné par un sergent, officier de justice chargé des poursuites judiciaires (aujourd'hui, un huissier).   **4.** Le mot a le sens ici d'un « écrivain juré », assermenté auprès d'un tribunal. Alors que Frontin fait précisément le choix d'un faussaire.   **5.** Par plaisanterie, « la maison du roi » signifie la prison.   **6.** Inventions, intrigues, ruses.

quatre heures que je te cherche pour te consulter
sur une affaire de cœur.

LE CHEVALIER. Hé depuis quand te mêles-tu de ces
sortes d'affaires, toi ?

LE MARQUIS. Depuis trois ou quatre jours.

LE CHEVALIER. Et tu m'en fais aujourd'hui la première
confidence ! tu deviens bien discret.

LE MARQUIS. Je me donne au diable si j'y ai songé.
Une affaire de cœur ne me tient au cœur que très
faiblement, comme tu sais. C'est une conquête
que j'ai faite par hasard, que je conserve par amu-
sement, et dont je me déferai par caprice ou par
raison peut-être.

LE CHEVALIER. Voilà un bel attachement.

LE MARQUIS. Il ne faut pas que les plaisirs de la vie
nous occupent trop sérieusement. Je ne m'embarrasse de rien, moi : elle m'avait donné son portrait ; je l'ai perdu ; un autre s'en pendrait, je m'en
soucie comme de cela.

LE CHEVALIER. Avec de pareils sentiments tu dois te
faire adorer. Mais, dis-moi un peu, qu'est-ce que
cette femme-là ?

LE MARQUIS. C'est une femme de qualité, une comtesse de province ; car elle me l'a dit.

LE CHEVALIER. Hé ! quel temps as-tu pris pour faire
cette conquête-là ? Tu dors tout le jour, et bois
toute la nuit ordinairement.

LE MARQUIS. Oh non pas, non pas, s'il vous plaît ;
dans ce temps-ci[1] il y a des heures de bal. C'est là
qu'on trouve de bonnes occasions.

LE CHEVALIER. C'est-à-dire que c'est une connaissance de bal ?

LE MARQUIS. Justement, j'y allai l'autre jour un peu
chaud de vin : j'étais en pointe[2], j'agaçais les jolis

---

1. Allusion à la période de Carnaval qui coïncide avec le moment réel où
la pièce de Lesage est jouée : le mois de février.   2. En verve.

masques. J'aperçois une taille, un air de gorge, une tournure de hanches : j'aborde, je prie, je presse, j'obtiens qu'on se démasque ; je vois une personne...

LE CHEVALIER. Jeune sans doute ?

LE MARQUIS. Non, assez vieille.

LE CHEVALIER. Mais belle encore, et des plus agréables ?

LE MARQUIS. Pas trop belle.

LE CHEVALIER. L'amour, à ce que je vois, ne t'aveugle pas.

LE MARQUIS. Je rends justice à l'objet aimé.

LE CHEVALIER. Elle a donc de l'esprit ?

LE MARQUIS. Ho ! pour de l'esprit, c'est un prodige. Quel flux de pensées[1] ! quelle imagination ! elle me dit cent extravagances qui me charment.

LE CHEVALIER. Quel fut le résultat de la conversation ?

LE MARQUIS. Le résultat ? Je la ramenai chez elle avec sa compagnie ; je lui offris mes services, et la vieille folle les accepta.

LE CHEVALIER. Tu l'as revue depuis ?

LE MARQUIS. Le lendemain au soir dès que je fus levé[2], je me rendis à son hôtel.

LE CHEVALIER. Hôtel garni[3] apparemment ?

LE MARQUIS. Oui, hôtel garni.

LE CHEVALIER. Hé bien ?

LE MARQUIS. Hé bien : autre vivacité de conversation, nouvelles folies ; tendres protestations de ma part, vives reparties de la sienne. Elle me donna ce maudit portrait, que j'ai perdu avant-hier ; je ne l'ai pas revue depuis. Elle m'a écrit, je lui ai fait réponse ;

---

1. Relevons que dans l'expression « flux de », les compléments attendus sont : flux de ventre, de nez, de bouche, de foie, etc. Et qu'au sens figuré le mot comporte toujours une coloration négative, comme dans « flux de paroles ».   2. On a là un aperçu savoureux des horaires du Marquis, dont la vie nocturne n'est pas le moindre signe d'une vie déréglée.
3. La Comtesse, provinciale en visite à Paris, loue une chambre ou un appartement meublé.

elle m'attend aujourd'hui : mais je ne sais ce que
je dois faire. Irai-je ou n'irai-je pas ? que me
conseilles-tu ? c'est pour cela que je te cherche[1].

LE CHEVALIER. Si tu n'y vas pas, cela sera malhon-
nête[2].

LE MARQUIS. Oui : mais si j'y vais aussi, cela paraîtra
bien empressé ; la conjoncture est délicate. Mar-
quer tant d'empressement, c'est courir après une
femme ; cela est bien bourgeois[3], qu'en dis-tu ?

LE CHEVALIER. Pour te donner conseil là-dessus, il
faudrait connaître cette personne-là.

LE MARQUIS. Il faut te la faire connaître. Je veux te
donner ce soir à souper chez elle avec ta Baronne.

LE CHEVALIER. Cela ne se peut pas pour ce soir ; car
je donne à souper ici.

LE MARQUIS. À souper ici ! Je t'amène ma conquête.

LE CHEVALIER. Mais la Baronne...

LE MARQUIS. Oh, la Baronne s'accommodera fort de
cette femme-là : il est bon même qu'elles fassent
connaissance, nous ferons quelquefois de petites
parties carrées[4].

LE CHEVALIER. Mais ta Comtesse ne fera-t-elle pas
difficulté de venir avec toi tête à tête dans une maison ?

LE MARQUIS. Des difficultés ! Oh ma Comtesse n'est

---

1. Voir ici comme un écho de la description parodique que Frontin faisait de la scène de fureur de son maître (I, 2). Cette réplique au rythme
alerte est le condensé de plusieurs scènes attendues dans un épisode de
séduction d'une comédie régulière. 2. Incivil, inconvenant. 3. Le
qualificatif de « bourgeois » était déjà employé par Marine, non sans
dédain (I, 2), pour qualifier la famille de la prétendue Comtesse. Il revient
dans sa bouche dans la scène suivante pour se moquer de l'amour que la
Baronne ressent pour le Chevalier (« vous aimez comme une vieille bourgeoise »). Et le Marquis à présent reprend le trait à son compte. À l'amour,
méprisé comme une valeur bourgeoise, s'oppose une « éthique » du liber-
tinage chez les Grands. Thème repris et développé par Nivelle de La
Chaussée dans sa comédie *Le Préjugé à la mode*, 1735. 4. Familièrement, partie de divertissement faite entre deux hommes et deux femmes.

point difficultueuse[1] ; c'est une personne qui sait vivre, une femme revenue des préjugés de l'éducation.

Le Chevalier. Hé bien amène-là, tu nous feras plaisir.

Le Marquis. Tu en seras charmé, toi. Les jolies manières ! Tu verras une femme vive, pétulante, distraite, étourdie, dissipée, et toujours barbouillée de tabac[2] : on ne la prendrait pas pour une femme de province.

Le Chevalier. Tu en fais un beau portrait ; nous verrons si tu n'es pas un peintre flatteur.

Le Marquis. Je vais la chercher. Sans adieu, Chevalier.

Le Chevalier. Serviteur, Marquis.

Scène 3

Le Chevalier, *seul*.

Cette charmante conquête du Marquis est apparemment une comtesse comme celle que j'ai sacrifiée à la Baronne.

Scène 4

Le Chevalier, La Baronne

La Baronne. Que faites-vous donc là seul, Chevalier ? je croyais que le Marquis était avec vous.

Le Chevalier, *riant*. Il sort dans le moment, Madame... ah, ah, ah.

La Baronne. De quoi riez-vous donc ?

Le Chevalier. Ce fou de Marquis est amoureux d'une femme de province, d'une comtesse qui loge en chambre garnie : il est allé la prendre chez elle,

---

1. Qui se rend difficile sur tout, qui allègue des difficultés. Chicaneur, pointilleux.   2. Le tabac pouvait être prisé ou mâché.

pour l'amener ici : nous en aurons le divertissement.

LA BARONNE. Mais dites-moi, Chevalier, les avez-vous
priés à souper ?

LE CHEVALIER. Oui, Madame, augmentation de
convives, surcroît de plaisir : il faut amuser Monsieur Turcaret, le dissiper.

LA BARONNE. La présence du Marquis le divertira
mal : vous ne savez pas qu'ils se connaissent, ils ne
s'aiment point ; il s'est passé tantôt entre eux une
scène ici...

LE CHEVALIER. Le plaisir de la table raccommode
tout : ils ne sont peut-être pas si mal ensemble
qu'il soit impossible de les réconcilier : je me
charge de cela, reposez-vous sur moi ; Monsieur
Turcaret est un bon sot...

LA BARONNE. Taisez-vous, je crois que le voici : je
crains qu'il ne vous ait entendu.

Scène 5

LA BARONNE, LE CHEVALIER, M. TURCARET

LE CHEVALIER, *embrassant Monsieur Turcaret*. Monsieur Turcaret veut bien permettre qu'on
l'embrasse, et qu'on lui témoigne la vivacité du
plaisir qu'on aura tantôt à se trouver avec lui le
verre à la main.

M. TURCARET. Le plaisir de cette vivacité-là... Monsieur, sera... bien réciproque : l'honneur que je
reçois d'une part joint à... la satisfaction que... l'on
trouve de l'autre... Madame, fait en vérité que...
je vous assure... que... je suis fort aise de cette par-
tie-là.

LA BARONNE. Vous allez, Monsieur, vous engager
dans des compliments qui embarrasseront aussi
Monsieur le Chevalier ; et vous ne finirez ni l'un
ni l'autre.

LE CHEVALIER. Ma cousine a raison ; supprimons la cérémonie, et ne songeons qu'à nous réjouir. Vous aimez la musique ?

M. TURCARET. Si je l'aime, malepeste, je suis abonné à l'Opéra.

LE CHEVALIER. C'est la passion dominante des gens du beau monde.

M. TURCARET. C'est la mienne.

LE CHEVALIER. La musique remue les passions.

M. TURCARET. Terriblement ; une belle voix soutenue d'une trompette, cela jette dans une douce rêverie.

LA BARONNE. Que vous avez le goût bon !

LE CHEVALIER. Oui vraiment. Que je suis un grand sot, de n'avoir pas songé à cet instrument-là. Oh parbleu puisque vous êtes dans le goût des trompettes, je vais moi-même donner ordre...

M. TURCARET, *l'arrêtant toujours*. Je ne souffrirai point cela, Monsieur le Chevalier : je ne prétends point que pour une trompette...

LA BARONNE, *bas à Monsieur Turcaret*. Laissez-le aller, Monsieur.

Le Chevalier s'en va.

(Haut.)... Et quand nous pouvons être seuls quelques moments ensemble, épargnons-nous, autant qu'il nous sera possible, la présence des importuns.

M. TURCARET. Vous m'aimez plus que je ne mérite, Madame.

LA BARONNE. Qui ne vous aimerait pas ? mon cousin le Chevalier lui-même a toujours eu un attachement pour vous...

M. TURCARET. Je lui suis bien obligé.

LA BARONNE. Une attention pour tout ce qui peut vous plaire.

M. TURCARET. Il me paraît fort bon garçon.

Scène 6

LA BARONNE, M. TURCARET, LISETTE

LA BARONNE. Qu'y a-t-il, Lisette ?

LISETTE. Un homme vêtu de gris noir avec un rabat sale, et une vieille perruque... (*Bas.*)... Ce sont les meubles de la maison de campagne.

LA BARONNE. Qu'on fasse entrer...

Scène 7

LA BARONNE, M. TURCARET, LISETTE, FRONTIN, M. FURET

M. FURET. Qui de vous deux, Mesdames, est la maîtresse de céans ?

LA BARONNE. C'est moi : que voulez-vous ?

M. FURET. Je ne répondrai point, qu'au préalable je ne me sois donné l'honneur de vous saluer vous Madame, et toute l'honorable compagnie, avec tout le respect dû et requis.

M. TURCARET. Voilà un plaisant original.

LISETTE. Sans tant de façons, Monsieur, dites-nous au préalable qui vous êtes.

M. FURET. Je suis huissier à verge[1], à votre service ; et je me nomme Monsieur Furet.

LA BARONNE. Chez moi un huissier !

FRONTIN. Cela est bien insolent.

M. TURCARET. Voulez-vous, Madame, que je jette ce drôle-là par les fenêtres ? Ce n'est pas le premier coquin que...

M. FURET. Tout beau, Monsieur, d'honnêtes huissiers comme moi ne sont point exposés à de pareilles aventures : j'exerce mon petit ministère

---

1. Officier de justice que l'on reconnaissait à la baguette ordinairement garnie d'ivoire qu'il portait.

d'une façon si obligeante que toutes les personnes de qualité se font un plaisir de recevoir un exploit de ma main : en voici un que j'aurai, s'il vous plaît, l'honneur, avec votre permission, Monsieur, que j'aurai l'honneur de présenter respectueusement à Madame, sous votre bon plaisir, Monsieur.

LA BARONNE. Un exploit à moi ! Voyez ce que c'est, Lisette.

LISETTE. Moi, Madame, je n'y connais rien, je ne sais lire que des billets doux. Regarde, toi, Frontin.

FRONTIN. Je n'entends pas encore les affaires.

M. FURET. C'est pour une obligation que défunt Monsieur le Baron de Porcandorf votre époux...

LA BARONNE. Feu mon époux, Monsieur ; cela ne me regarde point ; j'ai renoncé à la communauté.

M. TURCARET. Sur ce pied-là, on n'a rien à vous demander.

M. FURET. Pardonnez-moi, Monsieur, l'acte étant signé par Madame.

M. TURCARET. L'acte est donc solidaire ?

M. FURET. Oui, Monsieur, très solidaire, et même avec déclaration d'emploi[1] ; je vais vous en lire les termes ; ils sont énoncés dans l'exploit.

M. TURCARET. Voyons si l'acte est en bonne forme.

M. FURET, *après avoir mis des lunettes.* Par devant, etc., furent présents en leurs personnes, haut et puissant seigneur, Georges-Guillaume de Porcandorf, et dame Agnès-Ildegonde de la Dolinvillière son épouse, de lui dûment autorisée à l'effet de ces présentes, lesquels ont reconnu devoir à Éloi-Jérôme Poussif, marchand de chevaux, la somme de dix mille livres...

LA BARONNE. De dix mille livres !

LISETTE. La maudite obligation !

---

1. Terme de finance. La déclaration d'emploi récapitule le détail des marchandises achetées à crédit.

M. Furet. Pour un équipage fourni par ledit Poussif, consistant en douze mulets, quinze chevaux normands sous poil roux, et trois bardots[1] d'Auvergne, ayant tous crins, queues et oreilles, et garnis de leurs bâts, selles, brides et licous[2].

Lisette. Brides et licous ! Est-ce à une femme à payer ces sortes de nippes-là ?

M. Turcaret. Ne l'interrompons point. Achevez, mon ami.

M. Furet. Au paiement desquelles dix mille livres, lesdits débiteurs ont obligé, affecté et hypothéqué généralement tous leurs biens présents et à venir, sans division ni discussion, renonçant auxdits droits[3] ; et pour l'exécution des présentes, ont élu domicile chez Innocent-Blaise Le Juste, ancien procureur au Châtelet, demeurant rue du Bout-du-Monde[4]. Fait et passé, etc.

Frontin, *à Monsieur Turcaret*. L'acte est-il en bonne forme, Monsieur ?

M. Turcaret. Je n'y trouve rien à redire que la somme.

M. Furet. Que la somme, Monsieur ! Oh il n'y a rien à redire à la somme ! Elle est fort bien énoncée.

M. Turcaret. Cela est chagrinant.

La Baronne. Comment, chagrinant ! Est-ce qu'il faudra qu'il m'en coûte sérieusement dix mille livres pour avoir signé ?

Lisette. Voilà ce que c'est que d'avoir trop de com-

---

1. Petits mulets généralement placés en tête des équipages.   **2.** Lien de cuir, de corde ou de crin, que l'on met autour de la tête des chevaux, des mulets ou des ânes pour les attacher.   **3.** Droits de division et de discussion.   **4.** Aujourd'hui rue Léopold Bellan dans le XIe arrondissement de Paris. Rue appelée « du Bout du Monde » au XVIe siècle et jusqu'en 1807, soit en raison de son éloignement du cœur de Paris, soit en raison de l'enseigne qui s'y trouvait où l'on avait figuré un os, un bouc, un duc (oiseau) et un globe avec cette inscription : « Au bouc du monde ». L'époque était friande de rébus, d'énigmes et de logogriphes.

plaisance pour un mari ! Les femmes ne se corri-
geront-elles jamais de ce défaut-là ?

LA BARONNE. Quelle injustice ! N'y a-t-il pas moyen
de revenir contre cet acte-là, Monsieur Turcaret ?

M. TURCARET. Je n'y vois point d'apparence. Si dans
l'acte vous n'aviez pas expressément renoncé aux
droits de division et de discussion, nous pourrions
chicaner ledit Poussif.

LA BARONNE. Il faut donc se résoudre à payer, puisque
vous m'y condamnez, Monsieur : je n'appelle pas
de vos décisions.

FRONTIN, *à Monsieur Turcaret.* Quelle déférence on a
pour vos sentiments !

LA BARONNE. Cela m'incommodera un peu ; cela
dérangera la destination que j'avais faite de certain
billet au porteur, que vous savez.

LISETTE. Il n'importe ; payons, Madame : ne soute-
nons pas un procès contre l'avis de Monsieur Turcaret.

LA BARONNE. Le ciel m'en préserve ! Je vendrais plutôt mes bijoux, mes meubles.

FRONTIN. Vendre ses meubles, ses bijoux ! Et pour
l'équipage d'un mari encore ! La pauvre femme !

M. TURCARET. Non, Madame, vous ne vendrez rien !
Je me charge de cette dette-là ; j'en fais mon
affaire.

LA BARONNE. Vous vous moquez : je me servirai de ce
billet vous dis-je.

M. TURCARET. Il faut le garder pour un autre usage.

LA BARONNE. Non, Monsieur, non ; la noblesse de
votre procédé m'embarrasse plus que l'affaire
même.

M. TURCARET. N'en parlons plus, Madame ; je vais
tout de ce pas y mettre ordre.

FRONTIN. La belle âme !... Suis-nous, sergent, on va
te payer.

La Baronne. Ne tardez pas au moins : songez que l'on vous attend.

M. Turcaret. J'aurai promptement terminé cela, et puis je reviendrai des affaires aux plaisirs.

Scène 8

La Baronne, Lisette

Lisette. Et nous vous renverrons des plaisirs aux affaires, sur ma parole. Les habiles fripons, que Messieurs Furet et Frontin, et la bonne dupe, que Monsieur Turcaret !

La Baronne. Il me paraît qu'il l'est trop, Lisette.

Lisette. Effectivement, on n'a point assez de mérite à le faire donner dans le panneau.

La Baronne. Sais-tu bien que je commence à le plaindre ?

Lisette. Mort de ma vie ! point de pitié indiscrète[1]. Ne plaignons point un homme qui ne plaint personne.

La Baronne. Je sens naître malgré moi des scrupules.

Lisette. Il faut les étouffer.

La Baronne. J'ai peine à les vaincre.

Lisette. Il n'est pas encore temps d'en avoir, et il vaut mieux sentir quelque jour des remords pour avoir ruiné un homme d'affaires, que le regret d'en avoir manqué l'occasion.

Scène 9

La Baronne, Lisette, Jasmin

Jasmin. C'est de la part de Madame Dorimène.

La Baronne. Faites entrer... elle m'envoie peut-être proposer une partie de plaisir... Mais...

---

1. Déplacée.

Scène 10

LA BARONNE, LISETTE, MME JACOB

MME JACOB. Je vous demande pardon, Madame, de la liberté que je prends. Je revends à la toilette, et je me nomme Madame Jacob. J'ai l'honneur de vendre quelquefois des dentelles et toutes sortes de pommades à Madame Dorimène[1]. Je viens de l'avertir que j'aurai tantôt un bon hasard[2], mais elle n'est point en argent, et elle m'a dit que vous pourriez vous en accommoder.

LA BARONNE. Qu'est-ce que c'est ?

MME JACOB. Une garniture[3] de quinze cents livres, que veut revendre une fermière des Regrats[4] : elle ne la mise que deux fois, la dame en est dégoûtée ; elle la trouve trop commune, elle veut s'en défaire.

LA BARONNE. Je ne serais pas fâchée de voir cette coiffure.

MME JACOB. Je vous l'apporterai dès que je l'aurai, Madame, je vous en ferai avoir bon marché.

LISETTE. Vous n'y perdrez pas : Madame est généreuse.

MME JACOB. Ce n'est pas l'intérêt qui me gouverne ; et j'ai, Dieu merci, d'autres talents que de revendre à la toilette.

LA BARONNE. J'en suis persuadée.

LISETTE. Vous en avez bien la mine.

MME JACOB. Hé vraiment ! Si je n'avais pas d'autres ressources, comment pourrais-je élever mes

---

1. Rappelons que la marquise courtisée par M. Jourdain dans *Le Bourgeois gentilhomme* de Molière s'appelle Dorimène... 2. Une bonne occasion. 3. Les garnitures de tête, accessoires de mode essentiels pour orner la coiffure, pouvaient être faites soit de rubans, soit de dentelles, soit de perles et de pierres fines, vraies... ou fausses. 4. Épouse d'un fermier général. « Regrats » signifie à la fois vente de sel par petite quantité, et lieu où se déroule cette vente. Il faut se souvenir que le sel était à l'époque une denrée précieuse sur laquelle pesait un impôt spécifique, la gabelle.

enfants aussi honnêtement que je fais ? J'ai un
mari, à la vérité ; mais il ne sert qu'à faire grossir
ma famille, sans m'aider à l'entretenir.

LISETTE. Il y a bien des maris qui font tout le
contraire.

LA BARONNE. Hé que faites-vous donc, Madame
Jacob, pour fournir ainsi toute seule aux dépenses
de votre famille ?

MME JACOB. Je fais des mariages, ma bonne dame. Il
est vrai que ce sont des mariages légitimes, ils ne
produisent pas tant que les autres ; mais, voyez-
vous, je ne veux rien avoir à me reprocher.

LISETTE. C'est fort bien fait.

MME JACOB. J'ai marié depuis quatre mois un jeune
mousquetaire avec la veuve d'un auditeur des
comptes[1]. La belle union ! Ils tiennent tous les
jours table ouverte ; ils mangent la succession de
l'auditeur le plus agréablement du monde.

LISETTE. Ces deux personnes-là sont bien assorties.

MME JACOB. Oh ! Tous mes mariages sont heureux ;
et si Madame était dans le goût de se marier, j'ai
en main le plus excellent sujet.

LA BARONNE. Pour moi, Madame Jacob ?

MME JACOB. C'est un gentilhomme limousin. La
bonne pâte de mari ! il se laissera mener par une
femme comme un Parisien.

LISETTE. Voilà encore un bon hasard, Madame.

LA BARONNE. Je ne me sens point en disposition d'en
profiter ; je ne veux pas si tôt me marier, je ne suis
point encore dégoûtée du monde.

LISETTE. Oh bien, je le suis, moi, Madame Jacob :
mettez-moi sur vos tablettes.

MME JACOB. J'ai votre affaire. C'est un gros commis

---

1. Officier de la Chambre des Comptes dont la fonction est de contrôler
les comptes publics.

qui a déjà quelque bien, mais peu de protection ;
il cherche une jolie femme pour s'en faire.

LISETTE. Le bon parti ! Voilà mon fait.

LA BARONNE. Vous devez être riche, Madame Jacob ?

MME JACOB. Hélas ! Hélas ! je devrais faire dans Paris
une figure ; je devrais rouler carrosse, ma chère
dame, ayant un frère comme j'en ai un dans les
affaires.

LA BARONNE. Vous avez un frère dans les affaires ?

MME JACOB. Et dans les grandes affaires encore : je
suis sœur de Monsieur Turcaret, puisqu'il faut
vous le dire : il n'est pas que vous n'en ayez ouï
parler[1].

LA BARONNE, *d'un air étonné*. Vous êtes sœur de Monsieur Turcaret !

MME JACOB. Oui, Madame, je suis sa sœur de père et
de mère même.

LISETTE, *d'un air étonné*. Monsieur Turcaret est votre
frère, Madame Jacob ?

MME JACOB. Oui, mon frère, Mademoiselle, mon
propre frère, et je n'en suis pas plus grande dame
pour cela. Je vous vois toutes deux bien étonnées[2] ;
c'est sans doute à cause qu'il me laisse prendre
toute la peine que je me donne.

LISETTE. Hé oui, c'est ce qui fait le sujet de notre
étonnement.

MME JACOB. Il fait bien pis, le dénaturé qu'il est, il m'a
défendu l'entrée de sa maison, et il n'a pas le cœur
d'employer mon époux.

LA BARONNE. Cela crie vengeance.

LISETTE. Ah le mauvais frère !

MME JACOB. Aussi mauvais frère, que mauvais mari :
n'a-t-il pas chassé sa femme de chez lui ?

LA BARONNE. Ils faisaient donc mauvais ménage ?

1. Vous avez dû en entendre parler. 2. Piquante scène de reconnaissance puisque le principal intéressé, M. Turcaret, est absent.

MME JACOB. Ils le font encore, Madame ; ils n'ont
    ensemble aucun commerce, et ma belle-sœur est
    en province.
LA BARONNE. Quoi, Monsieur Turcaret n'est pas
    veuf ?
MME JACOB. Bon, il y a dix ans qu'il est séparé de sa
    femme, à qui il fait tenir une pension à Valognes[1],
    afin de l'empêcher de venir à Paris.
LA BARONNE. Lisette ?
LISETTE. Par ma foi, Madame, voilà un méchant
    homme.
MME JACOB. Oh ! le ciel le punira tôt ou tard, cela ne
    lui peut manquer ; j'ai déjà ouï dire dans une mai-
    son qu'il y avait du dérangement dans ses affaires[2].
LA BARONNE. Du dérangement dans ses affaires ?
MME JACOB. Hé le moyen qu'il n'y en ait pas ; c'est
    un vieux fou qui a toujours aimé toutes les
    femmes, hors la sienne ; il jette tout par les fenêtres
    dès qu'il est amoureux ; c'est un panier percé.
LISETTE, *bas.* À qui le dit-elle ? qui le sait mieux que
    nous ?
MME JACOB. Je ne sais à qui il est attaché présente-
    ment ; mais il a toujours quelque demoiselle qui
    le plume, qui l'attrape, et il s'imagine les attraper
    lui, parce qu'il leur promet de les épouser. N'est-
    ce pas là un grand sot ? qu'en dites-vous,
    Madame ?
LA BARONNE, *déconcertée.* Oui, cela n'est pas tout à
    fait...
MME JACOB. Oh que j'en suis aise ; il le mérite bien,
    le malheureux ; il le mérite bien. Si je connaissais
    sa maîtresse j'irais lui conseiller de le piller, de le

---

1. On a déjà appris acte III, scène 7 que Valognes relève de l'administration fiscale de Turcaret. On peut supposer à présent qu'il en est originaire
et que son enrichissement l'a fait « monter » à Paris.   2. Plaisant écho
du « dérangement » que le même Turcaret reprochait violemment à la
Baronne, acte II, scène 3.

manger, de le ronger, de l'abîmer[1]. N'en feriez-vous pas autant, Mademoiselle ?

LISETTE. Je n'y manquerais pas, Madame Jacob.

MME JACOB. Je vous demande pardon de vous étourdir ainsi de mes chagrins ; mais quand il m'arrive d'y faire réflexion, je me sens si pénétrée, que je ne puis me taire. Adieu, Madame ; sitôt que j'aurai la garniture, je ne manquerai pas de vous l'apporter.

LA BARONNE. Cela ne presse pas, Madame, cela ne presse pas.

Scène 11

LA BARONNE, LISETTE

LA BARONNE. Hé bien, Lisette ?

LISETTE. Hé bien, Madame ?

LA BARONNE. Aurais-tu deviné que Monsieur Turcaret eût une sœur revendeuse à la toilette ?

LISETTE. Auriez-vous cru vous qu'il eût une vraie femme en province ?

LA BARONNE. Le traître ! il m'avait assuré qu'il était veuf, et je le croyais de bonne foi.

LISETTE. Ah le vieux fourbe... Mais qu'est-ce donc que cela ?... Qu'avez-vous ?... Je vous vois toute chagrine. Merci de ma vie, vous prenez la chose aussi sérieusement que si vous étiez amoureuse de Monsieur Turcaret.

LA BARONNE. Quoique je ne l'aime pas, puis-je perdre sans chagrin l'espérance de l'épouser ? Le scélérat ! il a une femme ; il faut que je rompe avec lui.

LISETTE. Oui, mais l'intérêt de votre fortune veut que vous le ruiniez auparavant. Allons, Madame, pendant que nous le tenons brusquons son coffre-fort,

---

1. Jeter dans l'abîme, ruiner complètement.

saisissons les billets, mettons Monsieur Turcaret à feu et à sang[1], rendons-le enfin si misérable, qu'il puisse un jour faire pitié même à sa femme, et redevenir frère de Madame Jacob.

Fin du quatrième Acte.

---

1. Mettre cette énumération en relation d'une part avec les répliques de Frontin et du Chevalier : « [...] après la ruine totale de Monsieur Turcaret », « Qu'après sa destruction, là, son anéantissement » (I, 9). Et d'autre part avec celle de Madame Jacob : « Si je connaissais sa maîtresse, j'irais lui conseiller de le piller, de le manger, de le ronger, de l'abîmer » (IV, 10).

ACTE V

Scène 1

LISETTE, *seule*.

La bonne maison que celle-ci pour Frontin et pour moi ! Nous avons déjà soixante pistoles, et il nous en reviendra peut-être autant de l'acte solidaire. Courage, si nous gagnons souvent de ces petites sommes-là, nous en aurons à la fin une raisonnable.

Scène 2

LA BARONNE, LISETTE

LA BARONNE. Il me semble que Monsieur Turcaret devrait bien être de retour, Lisette.

LISETTE. Il faut qu'il lui soit survenu quelque nouvelle affaire... Mais que veut ce monsieur ?

Scène 3

LA BARONNE, LISETTE, FLAMAND

LA BARONNE. Pourquoi laisse-t-on entrer sans avertir ?

FLAMAND. Il n'y a pas de mal à cela, Madame, c'est moi.

LISETTE. Hé c'est Flamand, Madame ! Flamand sans livrée ! Flamand l'épée au côté ! Quelle métamorphose !

FLAMAND. Doucement, Mademoiselle, doucement ; on ne doit pas, s'il vous plaît, m'appeler Flamand tout court. Je ne suis plus laquais de Monsieur Turcaret, non ! il vient de me faire donner un bon emploi. Oui ! Je suis présentement dans les affaires, da ! et par ainsi il faut m'appeler Monsieur Flamand, entendez-vous ?

LISETTE. Vous avez raison, Monsieur Flamand ; puisque vous êtes devenu commis, on ne doit plus vous traiter comme un laquais.

FLAMAND. C'est à Madame que j'en ai l'obligation, et je viens ici tout exprès pour la remercier : c'est une bonne dame, qui a bien de la bonté pour moi de m'avoir fait bailler[1] une bonne commission, qui me vaudra bien cent bons écus par chacun an, et qui est dans un bon pays encore ; car c'est à Falaise[2], qui est une si bonne ville, et où il y a, dit-on, de si bonnes gens !

LISETTE. Il y a bien du bon dans tout cela, Monsieur Flamand.

FLAMAND. Je suis capitaine concierge de la porte de Guibray[3] ; j'aurai les clefs, et pourrai faire entrer et sortir tout ce qu'il me plaira. L'on m'a dit que c'était un bon droit[4] que celui-là.

LISETTE. Peste !

FLAMAND. Oh ! Ce qu'il y a de meilleur, c'est que cet emploi-là porte bonheur à ceux qui l'ont ; car ils s'y enrichissent tretous[5]. Monsieur Turcaret a, dit-on, commencé par là.

LA BARONNE. Cela est bien glorieux pour vous, Mon-

---

1. De m'avoir fait donner.   2. Ville de Basse-Normandie comme Valognes. On se souvient de la mauvaise réputation des Normands...
3. Flamand est devenu officier chargé de la garde de la Porte et de la perception du droit d'entrée des marchandises.   4. Imposition sur l'entrée des marchandises. Cette place doit être d'autant plus lucrative que Guibray, faubourg de Falaise, est réputé jusqu'à Paris pour la foire qui s'y tient. Lesage composera d'ailleurs quelques années après *Turcaret* une petite pièce intitulée *La Foire de Guibray*, représentée avec succès à Paris en 1714.   5. Lire « tous ». Dialecte de Flamand.

sieur Flamand, de marcher ainsi sur les pas de
votre maître.

LISETTE. Et nous vous exhortons, pour votre bien, à
être honnête homme comme lui.

FLAMAND. Je vous enverrai, Madame, de petits présents de fois à autres.

LA BARONNE. Non, mon pauvre Flamand ; je ne te
demande rien.

FLAMAND. Ho que si fait ! Je sais bien comme les commis en usont avec les demoiselles qui les plaçont[1] ;
mais tout ce que je crains, c'est d'être révoqué ; car
dans les commissions, on est grandement sujet à
ça, voyez-vous.

LISETTE. Cela est désagréable.

FLAMAND. Par exemple. Le commis que l'on révoque
aujourd'hui pour me mettre à sa place, a eu cet
emploi-là par le moyen d'une certaine dame que
Monsieur Turcaret a aimée et qu'il n'aime plus.
Prenez bien garde, Madame, de me faire révoquer
aussi.

LA BARONNE. J'y donnerai toute mon attention, Monsieur Flamand.

FLAMAND. Je vous prie de plaire toujours à Monsieur
Turcaret, Madame.

LA BARONNE. Je ferai tout mon possible, puisque vous
y êtes intéressé.

FLAMAND. Mettez toujours de ce beau rouge pour lui
donner dans la vue...

LISETTE, *repoussant Flamand*. Allez, Monsieur le capitaine concierge, allez à votre porte de Guibray.
Nous savons ce que nous avons à faire. Oui, nous
n'avons pas besoin de vos conseils. Non, vous ne
serez jamais qu'un sot ; c'est moi qui vous le dis,
da, entendez-vous ?

---

1. Cette conjugaison déformée trahit encore la rusticité de l'ancien valet
tout nouvellement sorti de sa condition.

Scène 4

LA BARONNE, LISETTE

LA BARONNE. Voilà le garçon le plus ingénu...

LISETTE. Il y a pourtant longtemps qu'il est laquais ;
il devrait bien être déniaisé.

Scène 5

LA BARONNE, LISETTE, JASMIN

JASMIN. C'est Monsieur le Marquis, avec une grosse
et grande madame...

LA BARONNE. C'est sa belle conquête ; je suis curieuse
de la voir.

LISETTE. Je n'en ai pas moins d'envie que vous ; je
m'en fais une plaisante image.

Scène 6

LA BARONNE, LISETTE, LE MARQUIS, MME TURCARET

LE MARQUIS. Je viens, ma charmante Baronne, vous
présenter une aimable dame ; la plus spirituelle, la
plus galante, la plus amusante personne... Tant de
bonnes qualités qui vous sont communes doivent
vous lier d'estime et d'amitié.

LA BARONNE. Je suis très disposée à cette union...
(Bas, à Lisette.)... C'est l'original du portrait que
le Chevalier m'a sacrifié.

MME TURCARET. Je crains, Madame, que vous ne per-
diez bientôt ces bons sentiments. Une personne du
grand monde, du monde brillant comme vous,
trouvera peu d'agrément dans le commerce d'une
femme de province.

LA BARONNE. Ah ! vous n'avez point l'air provincial,

Madame ; et nos dames le plus de mode n'ont pas des manières plus agréables que les vôtres.

LE MARQUIS. Ah palsambleu non ; je m'y connais, Madame : et vous conviendrez avec moi, en voyant cette taille et ce visage-là, que je suis le seigneur de France du meilleur goût.

MME TURCARET. Vous êtes trop poli, Monsieur le Marquis ; ces flatteries-là pourraient me convenir en province, où je brille assez sans vanité. J'y suis toujours à l'affût des modes ; on me les envoie toutes dès le moment qu'elles sont inventées, et je puis me vanter d'être la première qui ait porté des prétintailles[1] dans la ville de Valognes.

LISETTE, *bas.* Quelle folie !

LA BARONNE. Il est beau de servir de modèle à une ville comme celle-là.

MME TURCARET. Je l'ai mise sur un pied ! J'en ai fait un petit Paris, par la belle jeunesse que j'y attire.

LE MARQUIS. Comment un petit Paris ? Savez-vous bien qu'il faut trois mois de Valognes pour achever un homme de cour[2] ?

MME TURCARET. Ho ! je ne vis pas comme une dame de campagne, au moins ; je ne me tiens point enfermée dans un château, je suis trop faite pour la société : je demeure en ville, et j'ose dire que ma maison est une école de politesse et de galanterie pour les jeunes gens.

LISETTE. C'est une façon de collège pour toute la basse Normandie.

MME TURCARET. On joue chez moi, on s'y rassemble pour médire, on y lit tous les ouvrages d'esprit qui se font à Cherbourg, à Saint-Lô, à Coutances, et qui valent bien les ouvrages de Vire et de Caen.

---

1. Ornement qui se mettait sur les robes des femmes.   2. Pour faire un homme de cour accompli. Signalons qu'aujourd'hui encore Valognes, dans les guides touristiques, passe pour avoir été « un véritables petit Versailles normand ».

J'y donne aussi quelquefois des fêtes galantes, des soupers-collations. Nous avons des cuisiniers qui ne savent faire aucun ragoût, à la vérité : mais ils tirent les viandes si à propos[1], qu'un tour de broche de plus ou de moins elles seraient gâtées.

LE MARQUIS. C'est l'essentiel de la bonne chère. Ma foi, vive Valognes pour le rôti.

MME TURCARET. Et pour les bals, nous en donnons souvent. Que l'on s'y divertit ! cela est d'une propreté[2] : les dames de Valognes sont les premières dames du monde pour savoir l'art de se bien masquer, et chacune a son déguisement favori. Devinez quel est le mien.

LISETTE. Madame se déguise en Amour peut-être.

MME TURCARET. Oh pour cela non.

LA BARONNE. Vous vous mettez en déesse apparemment, en Grâce ?

MME TURCARET. En Vénus, ma chère, en Vénus.

LE MARQUIS. En Vénus ! Ah Madame, que vous êtes bien déguisée !

LISETTE, *bas*. On ne peut pas mieux.

Scène 7

LA BARONNE, MADAME TURCARET, LE MARQUIS, LISETTE, LE CHEVALIER

LE CHEVALIER. Madame, nous aurons tantôt le plus ravissant concert... *Apercevant Madame Turcaret...* Mais que vois-je ?

MME TURCARET. Ô ciel !

LA BARONNE, *bas à Lisette*. Je m'en doutais bien.

LE CHEVALIER. Est-ce là cette dame dont tu m'as parlé, Marquis ?

---

1. Ils retirent les viandes du feu juste au bon moment. **2.** D'une manière honnête, bienséante.

Le Marquis. Oui, c'est ma Comtesse : pourquoi cet
   étonnement ?

Le Chevalier. Ho parbleu, je ne m'attendais pas à
   celui-là.

Mme Turcaret, *bas.* Quel contretemps !

Le Marquis. Explique-toi, Chevalier ; est-ce que tu
   connaîtrais ma Comtesse ?

Le Chevalier. Sans doute : il y a huit jours que je suis
   en liaison avec elle[1].

Le Marquis. Qu'entends-je ? Ah l'infidèle ! l'ingrate !

Le Chevalier. Et ce matin même elle a eu la bonté
   de m'envoyer son portrait.

Le Marquis. Comment diable, elle a donc des portraits à donner à tout le monde ?

Scène 8

La Baronne, Le Marquis, Le Chevalier,
Mme Turcaret, Lisette, Mme Jacob

Mme Jacob. Madame, je vous apporte la garniture
   que j'ai promis de vous faire voir.

La Baronne. Que vous prenez mal votre temps,
   Madame Jacob ; vous me voyez en compagnie...

Mme Jacob. Je vous demande pardon, Madame, je
   reviendrai une autre fois... Mais qu'est-ce que je
   vois ? Ma belle-sœur ici ! Madame Turcaret.

Le Chevalier. Madame Turcaret !

La Baronne. Madame Turcaret !

Lisette. Madame Turcaret !

Le Marquis. Le plaisant incident !

Mme Jacob. Par quelle aventure, Madame, vous ren-
   contré-je en cette maison ?

Mme Turcaret, *bas.* Payons de hardiesse... *(Haut.)*...
   Je ne vous connais pas, ma bonne.

Mme Jacob. Vous ne connaissez pas Madame Jacob !

---

1. Il y a huit jours que je la connais.

Tredame[1], est-ce à cause que depuis dix ans vous êtes séparée de mon frère, qui n'a pu vivre avec vous, que vous feignez de ne me pas connaître ?

LE MARQUIS. Vous n'y pensez pas, Madame Jacob : savez-vous bien que vous parlez à une comtesse ?

MME JACOB. À une comtesse ! Hé dans quel lieu, s'il vous plaît, est sa comté[2] ? ha vraiment j'aime assez ces gros airs-là.

MME TURCARET. Vous êtes une insolente, ma mie.

MME JACOB. Une insolente, moi, je suis une insolente ! Jour de Dieu, ne vous y jouez pas ; s'il ne tient qu'à dire des injures, je m'en acquitterai aussi bien que vous.

MME TURCARET. Ho je n'en doute pas : la fille d'un maréchal de Domfront[3] ne doit point demeurer en reste de sottises.

MME JACOB. La fille d'un maréchal ! Pardi, voilà une dame bien relevée pour venir me reprocher ma naissance. Vous avez apparemment oublié que Monsieur Briochais votre père était pâtissier dans la ville de Falaise. Allez, Madame la Comtesse, puisque comtesse y a, nous nous connaissons toutes deux : mon frère rira bien quand il saura que vous avez pris ce nom burlesque, pour venir vous requinquer[4] à Paris ; je voudrais par plaisir qu'il vînt ici tout à l'heure[5].

LE CHEVALIER. Vous pourrez avoir ce plaisir-là, Madame ; nous attendons à souper Monsieur Turcaret.

MME TURCARET. Aïe !

_____

1. Juron, abréviation de Notre-Dame.   **2.** Le mot *comté* a longtemps été féminin (cf. Franche-Comté).   **3.** Le père de Mme Jacob était maréchal ferrant à Domfront (Basse-Normandie toujours !). Lesage aurait-il ménagé ici une cocasse homophonie avec « Maréchal de France » pour souligner la modestie de la condition de la famille Turcaret ?
4. Ironique et familier. S'appliquait aux vieilles qui se paraient de façon outrancière pour paraître plus jeunes.   **5.** Sur-le-champ.

LE MARQUIS. Et vous souperez aussi avec nous, Madame Jacob ; car j'aime les soupers de famille.

MME TURCARET. Je suis au désespoir d'avoir mis le pied dans cette maison.

LISETTE. Je le crois bien.

MME TURCARET. J'en vais sortir tout à l'heure.

> *Elle veut sortir, le Marquis l'arrête.*

LE MARQUIS. Vous ne vous en irez pas, s'il vous plaît, que vous n'ayez vu Monsieur Turcaret[1].

MADAME TURCARET. Ne me retenez point, Monsieur le Marquis, ne me retenez point.

LE MARQUIS. Ho palsambleu, Mademoiselle Briochais, vous ne sortirez point, comptez là-dessus.

LE CHEVALIER. Hé, Marquis, cesse de l'arrêter.

LE MARQUIS. Je n'en ferai rien : pour la punir de nous avoir trompés tous deux, je la veux mettre aux prises avec son mari.

LA BARONNE. Non, Marquis, de grâce, laissez-la sortir.

LE MARQUIS. Prière inutile ; tout ce que je puis faire pour vous, Madame, c'est de lui permettre de se déguiser en Vénus, afin que son mari ne la reconnaisse pas.

LISETTE. Ah par ma foi, voici Monsieur Turcaret.

MME. JACOB. J'en suis ravie.

MME TURCARET. La malheureuse journée !

LA BARONNE. Pourquoi faut-il que cette scène se passe chez moi ?

LE MARQUIS. Je suis au comble de ma joie.

---

1. Comprendre : « avant que vous ayez vu... ».

Scène 9

LA BARONNE, MME TURCARET,
MME JACOB, LISETTE, LE MARQUIS,
LE CHEVALIER, M. TURCARET

M. TURCARET. J'ai renvoyé l'huissier, Madame, et terminé... *Apercevant sa femme et sa sœur...* Ah ! en croirai-je mes yeux ! ma sœur ici, et qui pis est, ma femme !

LE MARQUIS. Vous voilà en pays de connaissance, Monsieur Turcaret ; vous voyez une belle comtesse dont je porte les chaînes : vous voulez bien que je vous la présente, sans oublier Madame Jacob.

MME JACOB. Ah mon frère !

M. TURCARET. Ah ma sœur ! Qui diable les a amenées ici ?

LE MARQUIS. C'est moi, Monsieur Turcaret ; vous m'avez cette obligation-là ; embrassez ces deux objets chéris. Ah qu'il paraît ému ! j'admire la force du sang et de l'amour conjugal.

M. TURCARET, *bas.* Je n'ose la regarder, je crois voir mon mauvais génie.

MME TURCARET, *bas.* Je ne puis l'envisager sans horreur.

LE MARQUIS. Ne vous contraignez point, tendres époux ! laissez éclater toute la joie que vous devez sentir de vous revoir après dix années de séparation[1].

---

1. Belle utilisation parodique encore de la scène de reconnaissance, qui atteint ici un sommet puisqu'aucune des personnes concernées par ces retrouvailles n'a de raison de s'en réjouir. L'effet de crescendo est ménagé successivement dans les scènes 7 et 8 du même acte V, quand le Chevalier reconnaît sa comtesse en Mme Turcaret, puis que Mme Jacob reconnaît sa belle-sœur dans la même. Il avait toutefois commencé scène 6, au moment où la Marquise retrouvait en Mme Turcaret les traits de la comtesse que le Chevalier venait de lui sacrifier.

LA BARONNE. Vous ne vous attendiez pas, Monsieur,
à rencontrer ici Madame Turcaret ; et je conçois
bien l'embarras où vous êtes : mais pourquoi
m'avoir dit que vous étiez veuf ?

LE MARQUIS. Il vous a dit qu'il était veuf ! Hé parbleu
sa femme m'a dit aussi qu'elle était veuve. Ils ont
la rage tous deux de vouloir être veufs.

LA BARONNE, *à Monsieur Turcaret.* Parlez, pourquoi
m'avez-vous trompée ?

M. TURCARET, *tout interdit.* J'ai cru, Madame... qu'en
vous faisant accroire que... je croyais être veuf...
Vous croiriez que... je n'aurais point de femme...
(Bas.)... J'ai l'esprit troublé, je ne sais ce que je dis.

LA BARONNE. Je devine votre pensée, Monsieur, et je
vous pardonne une tromperie que vous avez cru
nécessaire pour vous faire écouter : je passerai
même plus avant ; au lieu d'en venir aux
reproches, je veux vous raccommoder avec
Madame Turcaret.

M. TURCARET. Quoi moi, Madame ! ho pour cela
non. Vous ne la connaissez pas, c'est un démon ;
j'aimerais mieux vivre avec la femme du Grand
Mogol[1].

MME TURCARET. Ho, Monsieur, ne vous en défendez
pas tant, je n'en ai pas plus d'envie que vous au
moins ; et je ne viendrais point à Paris troubler vos
plaisirs, si vous étiez plus exact à payer la pension
que vous me faites, pour me tenir en province.

LE MARQUIS. Pour la tenir en province ! Ah Monsieur
Turcaret, vous avez tort ; Madame mérite qu'on
lui paye les quartiers[2] d'avance.

MME TURCARET. Il m'en est dû cinq ; s'il ne me les

---

1. Ou Moghol, Moghul, pour Mongol. Dynasties Timurides musulmanes
qui régnèrent sur le Nord de l'Inde à partir du XVIᵉ siècle. Les Grands
Moghols, souverains de cette dynastie, furent au nombre de dix-sept.
Dans l'imaginaire populaire, le Grand Moghol passait pour un potentat
brutal et barbare.   2. Les trimestres d'avance.

donne pas, je ne pars point, je demeure à Paris pour le faire enrager, j'irai chez ses maîtresses faire un charivari ; et je commencerai par cette maison-ci, je vous en avertis.

M. Turcaret. Ah l'insolente !

Lisette, *bas*. La conversation finira mal.

La Baronne. Vous m'insultez, Madame.

Mme Turcaret. J'ai des yeux, Dieu merci, j'ai des yeux, je vois bien tout ce qui se passe en cette maison ; mon mari est la plus grande dupe...

M. Turcaret. Quelle impudence ! Ah ventrebleu coquine, sans le respect que j'ai pour la compagnie...

Le Marquis. Qu'on ne vous gêne point, Monsieur Turcaret, vous êtes avec vos amis, usez-en librement[1].

Le Chevalier, *se mettant au-devant de Monsieur Turcaret*. Monsieur...

La Baronne. Songez que vous êtes chez moi.

Scène 10

LA BARONNE, MME TURCARET,
M. TURCARET, MME JACOB, LISETTE,
LE MARQUIS, LE CHEVALIER, JASMIN

Jasmin, *à Monsieur Turcaret*. Il y a dans un carrosse qui vient de s'arrêter à la porte deux gentilshommes qui se disent de vos associés ; ils veulent vous parler d'une affaire importante.

M. Turcaret, *à Madame Turcaret*. Ah je vais revenir : je vous apprendrai, impudente, à respecter une maison...

Mme Turcaret. Je crains peu vos menaces.

---

1. Faites comme chez vous !

LE CHEVALIER, *se mettant au-devant de Monsieur Turcaret.*
Monsieur...

Scène 11

LA BARONNE, MME TURCARET,
MME JACOB, LISETTE, LE MARQUIS,
LE CHEVALIER

LE CHEVALIER. Calmez votre esprit agité, Madame ;
que Monsieur Turcaret vous retrouve adoucie.

MME TURCARET. Ho tous ses emportements ne
m'épouvantent point.

LA BARONNE. Nous allons l'apaiser en votre faveur.

MME TURCARET. Je vous entends, Madame ; vous
voulez me réconcilier avec mon mari, afin que par
reconnaissance je souffre[1] qu'il continue à vous
rendre des soins.

LA BARONNE. La colère vous aveugle ; je n'ai pour
objet que la réunion de vos cœurs, je vous abandonne Monsieur Turcaret, je ne veux le revoir de
ma vie.

MME TURCARET. Cela est trop généreux.

LE MARQUIS. Puisque Madame renonce au mari, de
mon côté je renonce à la femme. Allons,
renonces-y aussi, Chevalier. Il est beau de se
vaincre soi-même.

Scène 12

LA BARONNE, MME TURCARET,
MME JACOB, LISETTE, LE MARQUIS,
LE CHEVALIER, FRONTIN

FRONTIN. Ô malheur imprévu ! ô disgrâce cruelle ! [2]

LE CHEVALIER. Qu'y a-t-il, Frontin ?

FRONTIN. Les associés de Monsieur Turcaret ont mis

---

1. Que je consente à ce qu'il...   2. L'insertion, au milieu de répliques
en prose, d'un alexandrin on ne peut plus régulier (avec coupe à l'hémisti-
che) a un effet fortement parodique. Parodie d'une situation tragique
d'autant plus marquante que l'alexandrin est prononcé par le valet, Frontin.

garnison[1] chez lui, pour deux cent mille écus que
leur emporte un caissier qu'il a cautionné. Je
venais ici en diligence pour l'avertir de se sauver ;
mais je suis arrivé trop tard ; ses créanciers se sont
déjà assurés de sa personne.

MME JACOB. Mon frère entre les mains de ses créanciers ! Tout dénaturé qu'il est, je suis touchée de
son malheur : je vais employer pour lui tout mon
crédit ; je sens que je suis sa sœur.

MME TURCARET. Et moi, je vais le chercher pour
l'accabler d'injures ; je sens que je suis sa femme[2].

Scène 13

LA BARONNE, LE CHEVALIER,
LE MARQUIS, FRONTIN, LISETTE

FRONTIN. Nous envisagions le plaisir de le ruiner ;
mais la Justice est jalouse de ce plaisir-là : elle nous
a prévenus[3].

LE MARQUIS. Bon, bon, il a de l'argent de reste pour
se tirer d'affaire.

FRONTIN. J'en doute ; on dit qu'il a follement dissipé
des biens immenses : mais ce n'est pas ce qui
m'embarrasse à présent. Ce qui m'afflige, c'est que
j'étais chez lui quand ses associés y sont venus
mettre garnison.

LE CHEVALIER. Hé bien !

FRONTIN. Hé bien, Monsieur, ils m'ont aussi arrêté

---

1. Troupe de sergents qui s'installe au domicile d'un débiteur pour le
contraindre à payer sa dette et pour l'empêcher de déménager ses
meubles.   2. Les réactions contrastées de Mme Jacob et de Mme Turcaret créent une déflagration comique. La réplique de Mme Jacob est une
préfiguration fugitive des ressorts de la comédie larmoyante dont Nivelle
de La Chaussée sera le plus illustre représentant après 1740 : personnages
de condition privée, action sérieuse voire pathétique, qui attendrit le spectateur et l'incite à la vertu. La réplique de Mme Turcaret au contraire nous
ramène tout à trac dans la pure comédie traditionnelle.   3. Elle nous a
devancés.

et fouillé, pour voir si par hasard je ne serais point chargé de quelque papier qui pût tourner au profit des créanciers. Ils se sont saisis, à telle fin que de raison[1], du billet de Madame que vous m'avez confié tantôt.

LE CHEVALIER. Qu'entends-je ? Juste ciel !

FRONTIN. Ils m'en ont pris encore un autre de dix mille francs, que Monsieur Turcaret avait donné pour l'acte solidaire, et que Monsieur Furet venait de me remettre entre les mains.

LE CHEVALIER. Hé pourquoi, maraud, n'as-tu pas dit que tu étais à moi ?

FRONTIN. Ho vraiment, Monsieur, je n'y ai pas manqué ; j'ai dit que j'appartenais à un chevalier : mais quand ils ont vu les billets, ils n'ont pas voulu me croire.

LE CHEVALIER. Je ne me possède plus, je suis au désespoir.

LA BARONNE. Et moi j'ouvre les yeux. Vous m'avez dit que vous aviez chez vous l'argent de mon billet ; je vois par là que mon brillant n'a point été mis en gage ; et je sais ce que je dois penser du beau récit que Frontin m'a fait de votre fureur d'hier au soir. Ah, Chevalier ! Je ne vous aurais pas cru capable d'un pareil procédé. J'ai chassé Marine à cause qu'elle n'était pas dans vos intérêts, et je chasse Lisette, parce qu'elle y est. Adieu ; je ne veux de ma vie entendre parler de vous.

---

1. Façon de parler adverbiale utilisée dans le langage des affaires pour signifier qu'on fait une chose en pensant qu'elle pourra être utile, sans dire précisément en quoi. Comprendre ici « à toutes fins utiles ».

Scène 14
et dernière

LE MARQUIS, LE CHEVALIER, FRONTIN, LISETTE

LE MARQUIS, *riant*. Ah, ha, ma foi, Chevalier, tu me
fais rire, ta consternation me divertit ; allons souper chez le traiteur, et passer la nuit à boire.

FRONTIN, *au Chevalier*. Vous suivrai-je, Monsieur ?

LE CHEVALIER, *à Frontin*. Non ; je te donne ton congé.
Ne t'offre plus jamais à mes yeux.

> *Le Marquis et le Chevalier sortent.*

LISETTE. Et nous, Frontin, quel parti prendrons-
nous ?

FRONTIN. J'en ai un à te proposer. Vive l'esprit, mon
enfant ! Je viens de payer d'audace ; je n'ai point
été fouillé.

LISETTE. Tu as les billets ?

FRONTIN. J'en ai déjà touché l'argent ; il est en sûreté :
j'ai quarante mille francs. Si ton ambition veut se
borner à cette petite fortune, nous allons faire
souche d'honnêtes gens.

LISETTE. J'y consens.

FRONTIN. Voilà le règne de Monsieur Turcaret fini ;
le mien va commencer.

Fin du cinquième et dernier Acte.

CRITIQUE DE LA COMÉDIE DE *TURCARET* PAR LE DIABLE BOITEUX[1]

Dialogue

---

1. *Le Diable boiteux*, publié l'année même où *Crispin rival de son maître* est joué au Théâtre Français, en 1707, vaut d'emblée à Lesage d'être regardé comme un successeur des grands moralistes du siècle précédent, La Bruyère ou La Rochefoucauld. En reliant *Turcaret* à ce roman, qui fut à la fois un succès de librairie foudroyant et l'œuvre par laquelle il a acquis une notoriété littéraire incontestable, Lesage agit en stratège. Il compte sur sa réputation de romancier moraliste pour affermir la position menacée du dramaturge, qui doit faire front à la cabale menée par les traitants. Par ailleurs, en choisissant la médiation d'une *Critique*, organisée en dialogues et sous une forme dramatisée, Lesage s'inscrit dans le haut lignage de Molière, parfois acculé lui aussi à mettre sur la scène un plaidoyer en faveur de ses propres œuvres (*L'Impromptu de Versailles* et *La Critique de L'École des femmes*, cette dernière ayant par ailleurs inspiré *La Critique du Légataire* à Regnard (1708), auteur du *Légataire universel*).

Asmodée, Don Cléofas[1]

Asmodée. Puisque mon Magicien m'a remis en
liberté[2], je vais vous faire parcourir tout le monde,
et je prétends chaque jour offrir à vos yeux de nouveaux objets.

Don Cléofas. Vous aviez bien raison de me dire que
vous allez bon train, tout boiteux que vous êtes ;
comment diable, nous étions tout à l'heure à
Madrid. Je n'ai fait que souhaiter d'être à Paris, et

---

1. Asmodée et Don Cléofas Léandro Perez Zambullo sont les deux personnages principaux du *Diable boiteux*, dont la fable est pour une part
empruntée au roman *El diablo cojuelo* (1641) de l'Espagnol Luis Velez de
Guévara. Asmodée est le diable qui donne son nom à l'ouvrage, diablotin d'ailleurs plutôt que Diable, tant son esprit vif et fin, tant son humour,
le rendent finalement sympathique. Don Cléofas est l'étudiant qui délivre
Asmodée de la fiole dans laquelle un magicien astrologue l'avait enfermé.
En signe de reconnaissance, le malin génie invite le jeune homme à une
promenade nocturne insolite au cours de laquelle il soulève par magie les
toits des maisons de Madrid, pour lui donner à observer la vie cachée de
ceux qui les habitent. S'ensuit une galerie de portraits incrustés dans de
petites vignettes narratives, où chaque personnage se révèle sous sa véritable nature, quand le masque social est tombé. En composant ce nouveau *Dialogue* entre Don Cléofas et Asmodée, deux ans après la publication du *Diable boiteux*, Lesage ajoute en quelque sorte une vignette au
célèbre roman : Don Cléofas a toujours le rôle de celui qui découvre le
monde avec une naïveté angélique, tandis qu'une impertinence teintée de
cynisme caractérise Asmodée. On relève toutefois dans ce *Dialogue* un
ancrage nouveau de la satire puisqu'elle porte exclusivement sur une
actualité immédiate, parisienne, et clairement identifiable : la création
contestée de *Turcaret* à la Comédie-Française et la censure qui pèse sur
la pièce. 2. À la fin du *Diable boiteux*, Don Cléofas et Asmodée se trouvaient brutalement séparés, le diablotin étant rappelé par les conjurations
du magicien qui l'avait tenu prisonnier dans une fiole. Lesage fait ici référence à cette séparation et laisse entendre que le magicien, après un temps,
aurait finalement renoncé à son sortilège.

je m'y trouve. Ma foi, Seigneur Asmodée, c'est un plaisir de voyager avec vous.

Asmodée. N'est-il pas vrai ?

Don Cléofas. Assurément. Mais dites-moi, je vous prie, dans quel lieu vous m'avez transporté ? Nous voici sur un théâtre ; je vois des décorations[1], des loges, un parterre[2] ; il faut que nous soyons à la Comédie[3] ?

Asmodée. Vous l'avez dit ; et l'on va représenter tout à l'heure une pièce nouvelle, dont j'ai voulu vous donner le divertissement. Nous pouvons, sans crainte d'être vus ni écoutés, nous entretenir en attendant qu'on commence.

Don Cléofas. La belle assemblée ! que de dames !

Asmodée. Il y en aurait encore davantage, sans les spectacles de la Foire[4] : la plupart des femmes y courent avec fureur[5]. Je suis ravi de les voir dans le goût de leurs laquais et de leurs cochers : c'est à cause de cela que je m'oppose au dessein des Comédiens. J'inspire tous les jours de nouvelles chicanes aux bateleurs[6]. C'est moi qui leur ai fourni le Suisse.

Don Cléofas. Que voulez-vous dire par votre Suisse[7] ?

---

1. Décors.   2. Partie de la salle de spectacle entre l'orchestre et le fond du théâtre. À l'époque de *Turcaret*, les spectateurs s'y trouvaient debout. 3. À la Comédie-Française. Théâtre situé rue des Fossés-Saint-Germain (actuellement rue de l'Ancienne-Comédie, Paris VIe) où *Turcaret* est justement joué à partir du 14 février 1709.   4. Spectacles donnés pendant les Foires Saint-Germain (sur l'actuel marché Saint-Germain, Paris VIe) et Saint-Laurent (à la gare de l'Est aujourd'hui, Paris X^e). Voir *La Querelle des théâtres au tournant du XVIIIe siècle* dans le dossier.   5. Avec une passion excessive, démesurée.   6. Allusion aux stratagèmes successivement inventés par les forains à partir de la fin du XVIIe siècle pour détourner les interdictions de jouer des pièces de théâtre prononcées à leur encontre à la demande de la Comédie-Française. Voir *La Querelle des théâtres au tournant du XVIIIe siècle* dans le dossier.   7. Cette allusion a parfois été comprise comme une référence au personnage type du Suisse, qui a fleuri dans le répertoire forain au cours du XVIIIe siècle, avec ceux du Gascon et du Normand. Mais ce n'est pas à un personnage

ASMODÉE. Je vous expliquerai cela une autre fois ; ne soyons présentement occupés que de ce qui frappe nos yeux. Remarquez-vous combien on a de peine à trouver des places ? Savez-vous ce qui fait la foule ? C'est que c'est aujourd'hui la première représentation d'une comédie où l'on joue un homme d'affaires. Le public aime à rire aux dépens de ceux qui le font pleurer.

DON CLÉOFAS. C'est-à-dire que les gens d'affaires sont tous des...

ASMODÉE. C'est ce qui vous trompe ; il y a de fort honnêtes gens dans les affaires ; j'avoue qu'il n'y en a pas un très grand nombre : mais il y en a qui, sans s'écarter des principes de l'honneur et de la probité, ont fait ou font actuellement leur chemin, et dont la Robe et l'Épée[1] ne dédaignent pas l'alliance. L'auteur respecte ceux-là. Effectivement il aurait tort de les confondre avec les autres. Enfin, il y a d'honnêtes gens dans toutes les professions. Je connais même des commissaires[2] et des greffiers[3] qui ont de la conscience.

DON CLÉOFAS. Sur ce pied-là[4] cette comédie n'offense point les honnêtes gens qui sont dans les affaires.

_____

de théâtre qu'Asmodée fait allusion ici. Il évoque en fait les circonstances précises dans lesquelles des entrepreneurs forains ont pu, en ce début de janvier 1709, détourner un Arrêt de la Cour du Parlement qui leur interdisait de jouer. Comment s'y prirent-ils ? En simulant la vente des baraques qui abritaient leurs spectacles à deux Suisses, Holtz et Godard, les Suisses jouissant par leur nationalité de privilèges particuliers en France, les autorisant à faire valoir leurs talents dans diverses professions (voir les *Mémoires pour servir à l'histoire des spectacles de la Foire* [frères Parfaict], 1743, t. 1).   **1.** Noblesse de robe : noblesse acquise par l'exercice présent ou passé de certaines charges, par opposition à la noblesse d'épée. Noblesse d'épée : noblesse très ancienne, parfois considérée comme originelle et dont les hommes se consacrent traditionnellement au métier des armes.   **2.** Celui qui est désigné par l'État pour exercer une fonction publique ou une juridiction.   **3.** Officiers qui tiennent un greffe (lieu où l'on établit les copies légales d'actes notariés ou de jugement).   **4.** « Les choses étant ainsi », « de ce point de vue ».

ASMODÉE. Comme le *Tartuffe* que vous avez lu,
n'offense pas les vrais dévots. Hé ! pourquoi les
gens d'affaires s'offenseraient-ils de voir sur la
scène un sot, un fripon de leur Corps[1] ? Cela ne
tombe point sur le général[2]. Ils seraient donc plus
délicats que les courtisans et les gens de robe, qui
voient tous les jours avec plaisir représenter des
marquis fats et des juges ignorants et corruptibles.

DON CLÉOFAS. Je suis curieux de savoir de quelle
manière la pièce sera reçue : apprenez-le-moi de
grâce par avance.

ASMODÉE. Les diables ne connaissent point l'avenir,
je vous l'ai déjà dit. Mais quand nous aurions cette
connaissance, je crois que le succès des comédies
en serait excepté, tant il est impénétrable[3].

DON CLÉOFAS. L'auteur et les comédiens se flattent
sans doute qu'elle réussira ?

ASMODÉE. Pardonnez-moi. Les comédiens n'en ont
pas bonne opinion ; et leurs pressentiments,
quoiqu'ils ne soient pas infaillibles, ne laissent pas
d'effrayer l'Auteur, qui s'est allé cacher aux troi-
sièmes loges, où pour surcroît de chagrin, il vient
d'arriver auprès de lui un caissier[4] et un agent de
change[5], qui disent avoir ouï parler de sa pièce, et
qui la déchirent impitoyablement. Par bonheur
pour lui il est si sourd[6], qu'il n'entend pas la moitié de leurs paroles.

---

1. Corporation, compagnie.   2. Cela ne vaut pas pour tous les
membres de la corporation.   3. Imprévisible.   4. Celui qui tient la
caisse d'une administration fiscale.   5. Celui qui sert d'intermédiaire
entre les marchands, les négociants et les banquiers pour faciliter entre
eux le commerce de l'argent, des lettres et des billets de change.
6. Lesage était effectivement atteint de surdité, un trait rapporté par le
Comte de Tressan : « Je le trouvais toujours assis près d'une table où repo-
sait un grand cornet ; ce cornet, saisi quelquefois par sa main avec vivacité, demeurait immobile sur sa table lorsque l'espèce de visite qu'il rece-
vait ne lui donnait pas l'espérance d'une conversation agréable. » (« Vie
de Lesage », *Œuvres choisies*, 1783.)

DON CLÉOFAS. Oh ! je crois qu'il y a bien des caissiers et des agents de change dans cette assemblée.

ASMODÉE. Oui, je vous assure, je ne vois partout que des cabales[1] de commis et d'auteurs, que des siffleurs dispersés et prêts à se répondre.

DON CLÉOFAS. Mais l'Auteur n'a-t-il pas aussi ses partisans ?

ASMODÉE. Ho qu'oui ! Il y a ici tous ses amis, avec les amis de ses amis. De plus, on a répandu dans le parterre quelques grenadiers de police pour tenir les commis en respect : cependant avec tout cela je ne voudrais pas répondre de l'événement[2]. Mais taisons-nous, les acteurs paraissent. Vous entendez assez le français pour juger de la pièce : écoutons-la ; et après que le parterre en aura décidé, nous réformerons son jugement[3], ou nous le confirmerons.

---

1. Complots formés par plusieurs personnes contre la pièce et son auteur.
2. Je ne voudrais pas garantir qu'il n'y aura aucun trouble pendant ou après la représentation.   3. Nous corrigerons son jugement.

CRITIQUE DE LA COMÉDIE DE *TURCARET* PAR LE DIABLE BOITEUX

Continuation du Dialogue

ASMODÉE, DON CLÉOFAS

ASMODÉE. Hé bien, Seigneur Don Cléofas ! que pensez-vous de cette comédie ? Elle vient de réussir en dépit des cabales : les ris sans cesse renaissants des personnes qui se sont livrées au spectacle, ont étouffé la voix des commis et des auteurs.

DON CLÉOFAS. Oui ; mais je crois qu'ils vont bien se donner carrière[1] présentement, et se dédommager du silence qu'ils ont été obligés de garder.

ASMODÉE. N'en doutez point : les voilà déjà qui forment des pelotons dans le parterre, et qui répandent leur venin. J'aperçois entre autres trois chefs de meutes[2], trois beaux esprits qui vont entraîner dans leur sentiment quelques petits génies qui les écoutent : mais je vois à leurs trousses des amis de l'auteur. Grande dispute ; on s'échauffe de part et d'autre. Les uns disent de la pièce plus de mal qu'ils n'en pensent, et les autres en pensent moins de bien qu'ils n'en disent.

DON CLÉOFAS. Hé quels défauts y trouvent les critiques ?

ASMODÉE. Cent mille.

DON CLÉOFAS. Mais encore ?

ASMODÉE. Ils disent que tous les personnages en sont vicieux, et que l'auteur a peint les mœurs de trop près.

---

1. Se réjouir.   2. Par analogie à une meute de chiens, le « chef de meute » est celui qui a le plus de crédit dans le groupe. Ici, meneur de cabale.

DON CLÉOFAS. Ils n'ont parbleu pas tout le tort ; les
  mœurs m'ont paru un peu gaillardes.

ASMODÉE. Il est vrai ; j'en suis assez content. La
  Baronne tire assez sur votre Doña Thomasa[1].
  J'aime à voir dans les comédies régner mes
  héroïnes : mais je n'aime pas qu'on les punisse au
  dénouement ; cela me chagrine. Heureusement il
  y a bien des pièces françaises où l'on m'épargne ce
  chagrin-là.

DON CLÉOFAS. Je vous entends. Vous n'approuvez pas
  que la Baronne soit trompée dans son attente ; que
  le Chevalier perde toutes ses espérances, et que
  Turcaret soit arrêté. Vous voudriez qu'ils fussent
  tous contents. Car enfin leur châtiment est une
  leçon qui blesse vos intérêts.

ASMODÉE. J'en conviens : mais ce qui me console,
  c'est que Lisette et Frontin sont bien récompen-
  sés.

DON CLÉOFAS. La belle récompense ! Les bonnes dis-
  positions de Frontin ne font-elles pas assez prévoir
  que son règne finira comme celui de Turcaret ?

ASMODÉE. Vous êtes trop pénétrant. Venons au caractère de Turcaret. Qu'en dites-vous ?

DON CLÉOFAS. Je dis qu'il est manqué, si les gens
  d'affaires sont tels qu'on me les a dépeints. Les
  affaires ont des mystères qui ne sont point ici déve-
  loppés.

ASMODÉE. Au grand Satan ne plaise que ces mystères
  se découvrent. L'auteur m'a fait plaisir de montrer

---

1. Référence une fois encore au *Diable boiteux* qui révèle combien Lesage
comptait sur la notoriété de son ouvrage. Le roman s'ouvrait sur la fuite
de Don Cléofas d'une maison où il était en rendez-vous galant avec une
dame appelée Doña Thomasa. C'était en fait une courtisane qui, avec la
complicité de quatre spadassins, lui avait tendu une embuscade pour se
faire épouser par force.

simplement l'usage que mes partisans[1] font des richesses que je leur fais acquérir.

DON CLÉOFAS. Vos partisans sont donc bien différents de ceux qui ne le sont pas ?

ASMODÉE. Oui vraiment. Il est aisé de reconnaître les miens. Ils s'enrichissent par l'usure, qu'ils n'osent plus exercer que sous le nom d'autrui quand ils sont riches. Ils prodiguent leurs richesses lorsqu'ils sont amoureux, et leurs amours finissent par la fuite ou par la prison.

DON CLÉOFAS. À ce que je vois, c'est un de vos amis que l'on vient de jouer. Mais dites-moi, Seigneur Asmodée, quel bruit est-ce que j'entends auprès de l'orchestre ?

ASMODÉE. C'est un cavalier espagnol qui crie contre la sécheresse de l'intrigue.

DON CLÉOFAS. Cette remarque convient à un Espagnol. Nous ne sommes point accoutumés, comme les Français, à des pièces qui sont, pour la plupart fort faibles de ce côté-là.

ASMODÉE. C'est en effet le défaut ordinaire de ces sortes de pièces : elles ne sont point assez chargées d'événements. Les auteurs veulent toute l'attention du spectateur pour le caractère qu'ils dépeignent, et regardent comme des sujets de distraction les intrigues trop composées. Je suis de leur sentiment, pourvu que d'ailleurs la pièce soit intéressante.

DON CLÉOFAS. Mais celle-ci ne l'est point.

ASMODÉE. Hé ! c'est le plus grand défaut que j'y trouve. Elle serait parfaite, si l'auteur avait su engager à aimer les personnages ; mais il n'a pas eu assez d'esprit pour cela. Il s'est avisé, mal à propos, de rendre le vice haïssable. Personne n'aime

---

1. Lesage joue avec virtuosité sur les deux sens du mot : d'une part les défenseurs, et d'autre part les financiers. L'effet retentit sur les répliques suivantes.

la Baronne, le Chevalier, ni Turcaret : ce n'est pas
là le moyen de faire réussir une comédie.

DON CLÉOFAS. Elle n'a pas laissé de me divertir. J'ai
eu le plaisir de voir bien rire : je n'ai remarqué
qu'un homme et une femme qui aient gardé leur
sérieux. Les voilà encore dans leur loge. Qu'ils ont
l'air chagrin ! Ils ne paraissent guère contents.

ASMODÉE. Il faut le leur pardonner : c'est un Turcaret avec sa Baronne. En récompense, on a bien ri
dans la loge voisine. Ce sont des personnes de robe
qui n'ont point de Turcaret dans leurs familles...
Mais le monde achève de s'écouler ; sortons,
allons à la Foire voir de nouveaux visages.

DON CLÉOFAS. Je le veux ; mais apprenez-moi auparavant qui est cette jolie femme, qui paraît aussi
mal satisfaite.

ASMODÉE. C'est une dame que les glaces et les porcelaines brisées par Turcaret ont étrangement
révoltée: je ne sais si c'est à cause que la même
scène s'est passée chez elle ce carnaval.

Fin de la Critique.

DOSSIER

LA QUERELLE DES THÉÂTRES
AU TOURNANT DU XVIIIᵉ SIÈCLE

Depuis la fin du XVIIᵉ siècle, et jusqu'en 1716, Paris compte deux théâtres « privilégiés », la Comédie-Française, également appelée Théâtre Français, et l'Académie Royale de Musique, autrement dit l'Opéra. À la Comédie-Française revient le droit exclusif de représenter des pièces de théâtre « régulières » (tragédies et comédies en cinq actes). À l'Académie Royale de Musique, celui de donner des spectacles chantés et dansés (tragédies lyriques et ballets). Ces « privilèges » accordés par le roi sont accompagnés de subventions considérables sans lesquelles ces institutions ne pourraient vivre. Il est vrai que cette générosité du monarque n'est pas sans contrepartie : chaque année à l'automne, les meilleurs acteurs de la troupe de la Comédie-Française ont l'obligation de jouer devant la Cour, tant à Versailles, que dans les autres résidences royales. À un autre niveau, ce soutien financier donne à l'État un droit de regard et un pouvoir de censure sur la programmation du théâtre.

Les comédiens italiens, présents à Paris depuis la fin du XVIᵉ siècle, ont été chassés de la capitale en 1696, sur ordre de Louis XIV, pour des raisons encore obscures aujourd'hui. Les spectacles des Italiens, issus de la traditionnelle *commedia dell'arte*, attiraient un public nombreux : le jeu expressif et improvisé des comédiens, leur libre occupation de l'espace scénique, enfin un goût affirmé pour la satire et la parodie, tranchaient sur le jeu emphatique et figé des

Comédiens-Français qui se devaient de rester les gardiens fidèles du répertoire classique. La concurrence des Italiens poussa la Maison de Molière à s'ouvrir, elle aussi, à la nouveauté ; à accueillir, aux côtés de Dancourt ou de Hauteroche, les Regnard et les Dufresny qui faisaient par ailleurs les grands succès de la troupe d'Arlequin. Le départ des Italiens aurait dû mettre fin à cette concurrence acharnée. Mais c'était sans compter avec les entrepreneurs des jeux de la Foire qui, deux fois par an — de février à mars, parfois début avril, pendant la Foire Saint-Germain, et d'août à septembre, pendant la Foire Saint-Laurent —, donnaient de petits spectacles (exercices de danses de corde et de sauts, courtes pièces jouées par des marionnettes) dans des baraques appelées « loges ».

La suppression de la troupe italienne offrit un vaste champ aux entrepreneurs forains qui, se regardant comme ses héritiers, se mirent à faire jouer des fragments de pièces françaises empruntées aux Italiens. Le public, c'est-à-dire aussi bien le peuple que des bourgeois et des personnes de qualité, courut en foule voir ces copies et s'en divertit beaucoup. Brillante et lucrative pour ses entrepreneurs, la Foire faisait un tort considérable aux Comédiens-Français qui, en 1698, firent valoir auprès du Lieutenant général de police que les forains avaient outrepassé leurs droits en construisant de véritables salles de spectacles, en engageant des comédiens de province pour constituer une troupe et jouer des pièces de théâtre. Commence alors l'histoire épique, et parfois burlesque, de la querelle qui opposera, jusqu'au-delà de la première moitié du XVIIIᵉ siècle, la Comédie-Française aux théâtres de la Foire : le lion contre le moucheron[1]...

---

1. Les rivalités entre la Comédie-Française et la Foire puis, à partir de 1716 (date du retour des Italiens à Paris), entre la Comédie-Française et

Les épisodes fondateurs de cette querelle sont
contemporains des débuts de Lesage au théâtre.
Nous les rapportons ici à grands traits pour donner
à comprendre le caractère subversif du choix que fera
Lesage, après la création de *Turcaret* en 1709, quand
il décidera de tourner le dos à la Comédie-Française
pour mettre son talent au service des théâtres de la
Foire.

Devant la défense qui leur est faite, en 1703, de
jouer les pièces de l'ancien Théâtre-Italien, les
forains ne jouent plus que des scènes détachées, chacune formant une espèce de sujet autonome. Arran-
gés avec esprit, ces fragments plaisent au public. Et
les Comédiens-Français, piqués par cette réussite,
formulent de nouvelles plaintes à l'encontre des
forains. En 1706, défense leur est faite de jouer des
spectacles dialogués — un arrêt confirmé en 1707.
Les entrepreneurs de la Foire ont alors ingénieuse-
ment recours à des scènes en monologues : un seul
acteur parle, tandis que les autres miment ce qu'ils
veulent dire ; ou bien l'acteur qui vient de parler se
retire dans la coulisse pour permettre à un autre de
prendre la parole sur la scène ; enfin, l'un parle sur
scène, et l'autre répond de la coulisse. Ce genre de
pièce est, une fois de plus, très goûté du public,
enchanté de la nouveauté ; la riposte des Comédiens-
Français ne se fait pas attendre. Voyant que la destruction de leurs loges est imminente, Alard et la
Veuve Maurice, deux entrepreneurs associés,
obtiennent en 1708 de l'Académie Royale de
Musique, moyennant une importante redevance, la
permission de faire usage sur leur scène de change-

la Comédie-Italienne d'un côté, et la Foire de l'autre, alimenteront une
chronique suivie avec passion par le public parisien à travers une série de
pièces qui, sur le mode de la satire, représentaient sur scène les motifs et
les enjeux de la dispute.

ments de décorations, de chanteurs dans des divertissements et de danseurs dans des ballets. Ces agréments transforment les pièces en comédies mêlées de machines, de musique et de danse. D'autres entrepreneurs, dont les loges avaient été tour à tour démolies et reconstruites au gré d'arrêts de justice contradictoires, craignant d'autres avanies, se mettent à jouer « à la muette » à la Foire Saint-Laurent 1709 :

[...] les forains contrefaisaient les meilleurs acteurs de la Comédie-Française. Ils les faisaient reconnaître non seulement par les caractères qu'ils représentaient au Théâtre, mais encore en copiant leurs gestes et les sons de leurs voix. Cette dernière manière de les peindre se faisait en prononçant d'un ton tragique des mots sans aucun sens, mais qui se mesuraient comme des vers alexandrins. Ce bouffonnage fit un tel effet, que pendant plusieurs Foires, il n'y paraissait point de pièces qu'on n'y introduisît ce genre de jargon, et toujours employé par les Romains ; c'est ainsi que les Forains désignaient les Acteurs Français[1].

De 1710 à 1713, les spectacles de la Foire prennent aussi bien la forme de pièces élaborées (parodies en trois actes, avec chants et danses), que de pièces muettes par écriteaux[2]. Les troupes s'étoffent en recrutant des comédiens de l'ancien Théâtre-Italien ; les décorations et les machines deviennent de plus en

---

1. *Mémoires pour servir à l'histoire des spectacles de la Foire* [les frères Parfaict], 1743, t. I, p. 101.   2. Comme le public s'était plaint de ne pas comprendre certains endroits obscurs des pièces mimées par les acteurs, on eut recours à des cartons sur lesquels étaient imprimés en gros caractères et dans une prose laconique tout ce que le jeu des acteurs ne permettait pas de rendre. Roulés dans la poche droite du costume des comédiens, les cartons étaient déroulés un à un devant les spectateurs qui en prenaient connaissance, puis glissés par l'acteur dans sa poche gauche, pour ne pas s'embrouiller dans la progression de l'intrigue. Peu de temps après, les cartons furent remplacés par des rouleaux qui descendaient du cintre du théâtre, portés par deux enfants habillés en Amours et suspendus en l'air par des contrepoids. Le public pouvait y lire des couplets se rapportant à l'action ; plusieurs personnes, payées par la troupe et placées dans le parterre, commençaient à les chanter tandis que l'orchestre

plus sophistiquées ; les spectacles de plus en plus
brillants. La Foire de 1713 peut même se prévaloir
d'une nouvelle recrue de choix : « Ce fut à cette Foire
que le célèbre M. Lesage donna *Arlequin roi de Sérendib*, en trois actes, et en écriteaux ; le succès de cet
ouvrage répondit également à l'attente du public et
aux souhaits de l'auteur et de l'entrepreneur », se sou-
viennent encore les Frères Parfaict. Lesage donne à la
Foire Saint-Laurent suivante *Arlequin invisible* et *Arlequin Thétis*, toujours avec le plus grand succès. En
1714, il décide de se consacrer entièrement à la Foire.
En 1715, l'Opéra concède aux forains (moyennant
pistoles sonnantes et trébuchantes, on s'en doute[1]) un
droit plus étendu que par le passé pour leurs spectacles. Le nom « d'opéra comique » apparaît pour la
première fois sur une affiche de la Foire et Lesage fait
un triomphe avec une parodie de l'opéra *Télémaque*,
alors joué à l'Académie Royale de Musique.

Cette prospérité, la Foire la paiera cher, tout au
long de son existence au XVIIIe siècle, existence jalon-
née d'interdictions de jouer ou de dialoguer malgré
la protection intéressée de l'Opéra[2]. D'abord soutenue par les œuvres de Fuzelier, Lesage et d'Orneval,
puis par celles de Piron, Carolet, Pannard et Favart
avant 1750, elle ne renoncera néanmoins jamais, ni
à son esprit frondeur (parodies des œuvres jouées sur
les autres théâtres parisiens et même parodies de
pièces jouées sur sa propre scène), ni à sa liberté
d'invention (pièces en monologues, pièces exotiques
ou merveilleuses, pièces allégoriques, à scènes épiso-

---

donnait le ton. Ces airs étant connus de tous, l'ensemble du public chan-
tait bientôt. Ce sont là les débuts des pièces en vaudevilles.
1. La somme sera de 25 000 livres en 1716 et s'élèvera à 35 000 à partir
de 1717.   2. Outre la redevance substantielle, l'Opéra profitait de la
« réclame » que lui faisait la Foire quand elle représentait des parodies
d'œuvres lyriques programmées au même moment à l'Académie Royale
de Musique.

diques, ballets pantomimes, etc.). N'étant assujetties
à aucune règle classique, « irrégulières » par essence,
les pièces du répertoire forain allient à merveille le
sel attique et le plaisant, la légèreté et le piquant, le
naturel et la grâce : des valeurs propres à une esthétique rococo que l'histoire littéraire a longtemps
considérées avec circonspection, mais dont le public
de l'époque avait bien perçu à la fois le charme et la
tonalité séditieuse.

Car la lutte poursuivie sans relâche par les Comédiens-Français contre les forains est à bien des égards
la bataille des nantis (les « privilégiés ») contre les
démunis ; la bataille du pouvoir établi contre la
liberté individuelle.

C'est une chose triste et même criante pour les Comédiens-Français d'être forcés de plaider deux fois régulièrement par année contre des particuliers, gens sans aveu,
sans établissement, qui ne sont connus que par leur déso-
béissance continuelle que l'on pourrait même nommer une
révolte contre les Arrêts de la Cour, qu'ils interprètent à
leur manière [...]

... peut-on lire, en 1707, dans un des nombreux
Mémoires[1] adressés par les sociétaires de la Maison
de Molière au Lieutenant général de police du temps.

Se ranger comme l'a fait Lesage, tôt dans sa carrière de dramaturge, du côté des « gens sans aveu »
et « sans établissement », épouser leur cause et faire
entendre leur voix, c'est renoncer de fait aux honneurs (l'Académie) et aux faveurs (protections et
pensions) accordées par les Grands. Un choix de vie
et de carrière placé sous le signe de l'indépendance,
et plutôt rare alors chez les gens de lettres.

---

1. Document cité d'après les *Mémoires pour servir à l'histoire des théâtres
de la Foire* [Frères Parfaict], 1743, t. 1, p. 69-70.

QUESTIONS D'ARGENT

Singulière pièce que la comédie de *Turcaret* où il est toujours question, au détour d'une scène ou au coin d'une réplique, d'affaires et d'argent. Comme la pièce se déroule en un siècle où l'argent devient le nerf des affaires, il en circule beaucoup dans *Turcaret* ; de l'argent sous toutes ses formes, provenant des sources les plus variées et destiné aux usages les plus divers. Retracer le détail de cette circulation serait au demeurant fort instructif : qui achète quoi ? qui vend ? qui donne ? et enfin qui reçoit ? Rappelons que la comédie de Lesage s'ouvre avec audace sur une fracassante question d'argent, et qu'elle se clôt sur la coquette somme de 40 000 francs (de 1709) amassée par Frontin : entre-temps, on ne relève pas moins d'une vingtaine d'occurrences de sommes, exprimées tantôt en livres, sols et deniers, tantôt en pistoles, sans omettre les francs, les louis et les écus.

Un bref rappel permettra au lecteur d'aujourd'hui de surmonter sa perplexité devant un système monétaire aussi disparate :

— La **livre** (synonyme du **franc** à l'époque) se divise en **20 sols** et chaque sol vaut **12 deniers**.
— La **pistole** est une monnaie d'or étrangère, créée en Espagne par Charles Quint : elle vaut officiellement 17 livres en 1709 mais peut ne pas excéder **10 livres** à la revente. C'est sur cette base — du reste retenue par Lesage dans

Turcaret — que nous avons établi nos calculs d'équivalence[1].

— Le **louis** est une pièce d'or en cours de 1640 à 1792 ; il peut valoir de 16 livres 10 sols à 20 livres. Nous avons retenu la valeur de **17 livres**, la plus courante à l'époque de *Turcaret*.

— L'**écu**, monnaie française à l'origine en or, puis convertie en argent, vaut **3 livres**[2].

Ces équivalences établies, comment le lecteur peut-il appréhender les réalités que recouvrent les sommes successivement évoquées dans *Turcaret* et, plus généralement, les enjeux de la fable ?

Quelques repères, tirés du recueil du Vicomte d'Avenel, *Histoire économique de la propriété, des salaires, des denrées et de tous les prix en général depuis l'an 1200 jusqu'en 1800,* apportent à ces chiffres un éclairage supplémentaire. Où l'on apprend ce que gagne :

— un ouvrier agricole, près de Paris, en 1710 : à peu près 6 livres par mois, soit 4 sols la journée ;

— le valet d'un gentilhomme, à Paris, en 1709 : 60 livres par mois, soit environ 2 livres par jour ;

— les ouvriers de l'alimentation (bouchers, boulangers, etc.), en province (à Orléans, aucun chiffre n'étant donné pour Paris), en 1709 : 60 livres par an, soit 5 livres par mois ou un peu plus de 3 sols par jour.

---

1. Lesage évoque tantôt les 5 000 francs, tantôt les 500 pistoles d'épargne d'un certain serrurier (III, 7). 2. Parité confirmée par Lesage à la fin de *Turcaret* : Frontin empoche 40 000 francs de l'époque, comprenant le billet de 10 000 livres pour l'acte solidaire (IV, 7) et le billet de 10 000 écus offert par le financier à la Baronne (I, 4).

Un terrain de 500 toises à Paris (2 000 m^2) se négociait, en 1707, 45 000 livres ; un secrétaire du roi pouvait se faire construire une maison dans la capitale pour 60 000 livres alors qu'une bâtisse plus modeste revenait à 13 300 livres[1].

Pour comparaison toujours, rappelons que Lesage a touché une rente annuelle de 600 livres de l'abbé de Lionne jusqu'en 1721 ; que ses droits d'auteur pour les sept représentations de *Turcaret* en 1709 se sont élevés à 598 livres 6 sols. L'ensemble des pièces qu'il écrivait pour le théâtre de la Foire lui rapportait 2 000 livres par foire, soit 4 000 livres par an. Enfin l'édition brochée de *Turcaret* coûtait en 1709 vingt sols !

Si ces données hétéroclites, ajoutées aux repères traditionnellement pris en compte dans ce type d'analyse, ont le mérite de permettre d'établir des rapports de grandeur, il faut bien avouer qu'elles restent encore trop partielles pour donner la (dé) mesure des enjeux financiers de la pièce. Que représenteraient à présent les sommes dépensées par Turcaret pour la Baronne et que représenteraient les sommes dépensées par celle-ci pour le Chevalier ? De combien serait le magot gagné par Frontin sur le dos de ces deux personnages ?

On sait que la transposition, aujourd'hui, de la valeur des monnaies de 1709 ne va pas de soi. Le pouvoir d'achat, le coût de la vie, sont, pour ces deux époques, dans des rapports totalement différents. L'on peut néanmoins, avec toutes les réserves d'usage, se reporter à la parité admise entre la livre de 1709 et le franc de 1999 pour rendre parlantes les sommes qui jalonnent la comédie de Lesage. Consi-

---

1. Dans *Crispin rival de son maître*, M. Oronte s'est fait bâtir une maison de « plus de 80 000 francs » au faubourg Saint-Germain et envisage d'acheter « le château d'un certain financier » pour 50 000 écus soit 150 000 livres (scène 15).

dérant que la livre de 1709 vaut 27 francs en 1999 (source la Monnaie de Paris), on peut dire que *Turcaret* balaie un spectre financier qui, exprimé en francs d'aujourd'hui, va de 8 100 francs (ce que Flamand espère tirer chaque année de sa commission à Falaise) à 16 200 000 francs (le montant de la caisse volée). On pourrait encore dire que *Turcaret* s'ouvre sur une perte au jeu de plus de 91 800 francs et s'achève sur un gain illicite de 1 080 000 francs. La roue de la fortune a tourné ; Frontin a tiré le gros lot et peut, à son tour, prétendre gravir quatre à quatre les barreaux de l'échelle sociale[1].

---

1. Ce document a été réalisé avec la collaboration de M. Jean-Marie Darnis, docteur en histoire, historien d'art et des techniques monétaires, archiviste de la Monnaie de Paris. Quelques ouvrages de référence pour ceux qui souhaitent approfondir ces questions financières :

Vicomte G. d'AVENEL, *Histoire économique de la propriété, des salaires, des denrées et de tous les prix en général depuis l'an 1200 jusqu'en 1800*, Paris, Impr. Nationale puis E. Leroux, 1894-1926, 7 vol. ; A. BLANCHET et A. DIEUDONNÉ, *Manuel de numismatique française*, Paris, Librairie Alphonse Picard et fils, 1912-1936, 4 vol. ; E. E. et V. CLAIN —STEFANELLI, *Monnaies européennes et monnaies coloniales américaines entre 1450 et 1789*, Fribourg, Office du Livre, 1978 ; V. GADOURY et F. DROULERS, *Les Monnaies royales françaises de Louis XIII à Louis XVI*, Monte-Carlo, 1978 ; R. SÉDILLOT, *Toutes les monnaies du monde. Dictionnaire des changes*, Paris, Sirey, 1955.

Les sommes en jeu dans *Turcaret* dans l'ordre croissant : récapitulatif et mise en perspective

Rappel : 1 franc = 1 livre   1 louis = 17 livres   1 pistole = 10 livres   1 écu = 3 livres   1 livre 1709 = 27 francs 1999   (1 euro = 6,55957 francs)

Dans le texte :	Identification de la somme	Conversion en livres 1709 :	Soit en francs 1999 :	Ou en euros :
100 écus	Revenu annuel prévu par Flamand de sa commission à Falaise (V, 3) :	300	8 100	1 235
60 pistoles	Acompte sur l'équipage (III, 11) :	600	16 200	2 470
1 132 livres...	Prêt au Marquis sur son diamant gagé (III, 4) :	1 132	30 564	4 659
120 pistoles	Fondement de la communauté Frontin/Lisette (V, 1) :	1 200	32 400	4 939
1 500 livres	Garniture revendue par Madame Jacob (IV, 10) :	1 500	40 500	6 174
2 000 francs	Commission pour la direction de Valognes (III, 7) :	2 000	54 000	8 232
25 000 francs	Prêt de la Baronne au Chevalier, et perte au jeu de celui-ci (I, 1) :	2 000	54 000	8 232
1 000 écus	Perte au jeu du Chevalier (I, 2) :	3 000	81 000	12 348
300 pistoles	Évaluation de la caisse faite par Turcaret (II, 3) :	3 000	81 000	12 348
3 000 livres	Prêt au fils d'une famille noble (III, 7) :	3 000	81 000	12 348
4 000 livres	Pension annuelle de Madame Turcaret (III, 7) :	4 000	108 000	16 464
500 pistoles	Valeur attribuée par la Baronne à son diamant (I, 2) :	5 000	135 000	20 581
5 000 francs	Épargne d'un honnête serrurier (III, 7) :	5 000	135 000	20 581
500 louis	Valeur attribuée par le Marquis à son diamant (III, 4) :	8 500	229 500	34 987
9 000 livres	Billet signé par le fils de famille noble (III, 7) :	9 000	243 000	37 045
10 000 francs	Achat par Turcaret de glaces, porcelaines et bureaux (III, 3) :	10 000	270 000	41 161
10 000 livres	Meubles pour la maison de campagne (faux exploit) (IV, 7) :	10 000	270 000	41 161
15 000 francs	Somme qui a été volée au « grand homme sec » de Valognes (III, 7) :	15 000	405 000	61 742
20 000 francs	Somme détournée au profit de Turcaret par le jeune caissier (III, 7) :	20 000	540 000	82 322
10 000 écus	Billet au porteur « en prose » de Turcaret à la Baronne (I, 4) :	30 000	810 000	123 484
40 000 francs	Total des deux billets au porteur convertis en espèces par Frontin (V, 14) :	40 000	1 080 000	164 645
200 000 écus	Somme emportée par le caissier cautionné par Turcaret (V, 12) :	600 000	16 200 000	2 469 674

LES IMPÔTS ET LA MISÈRE DU PEUPLE,
OU LES NON-DITS DE TURCARET

[Dans l'hiver 1709], survient un froid terrible qui sévit dans presque toute la France depuis la nuit du 6 janvier jusqu'à la mi-mars, en plusieurs vagues successives. Les témoignages contemporains sur ce « grand hiver », dont la France n'a connu depuis aucun équivalent, sont multiples. Ils disent tous l'extrême brutalité de la chute du thermomètre [...] et les terribles conséquences qui en résultent. [...] [C]'est le même tableau du vin gelant dans les barriques, des agneaux mourant, « tout raides de froid », à peine sortis du ventre de leur mère, des oiseaux tombant morts en plein vol, des arbres les plus gros fendus par le gel, des châtaigniers, des noyers, des oliviers détruits par le froid, de même que de nombreuses vignes. Il y a plus grave encore : en dépit de la couverture de neige, le froid de février et de début mars détruit totalement les blés semés à l'automne.

La conséquence la plus redoutable de cette situation — outre les nombreux malheureux trouvés morts de froid, en ville comme à la campagne — est une hausse brutale du prix des grains, comparable à celle de 1693 et 1694 : les prix quadruplent, en moyenne, entre janvier et juillet et augmentent encore jusqu'à l'été 1710. Or la France engagée dans la guerre de Succession d'Espagne connaît alors les pires mécomptes : Lille est tombée aux mains de l'ennemi en octobre 1708, et Louis XIV, prêt aux plus lourdes concessions, envoie un plénipotentiaire à La Haye. Dans ces conditions, le souci majeur de Desmarets, nouveau contrôleur général des finances, est l'approvisionnement de Paris et des grandes villes, afin d'éviter, autant que possible, les brutales manifestations du désespoir des classes populaires déjà écrasées par la surfiscalité liée à la prolongation de la guerre.

François LEBRUN[1],
« Les années de misère. 1688-1714 »
La Puissance et la Guerre. 1661-1715.
« Nouvelle histoire de la France moderne », t. 4,
Paris, Éditions du Seuil, 1997.

*

De Montluçon, ce 24 juin 1688

Monsieur,

Las d'entendre les Huissiers et les Gardes que j'envoie au recouvrement des sels prêtés dans toutes les paroisses de cette Élection, crier que ce n'est que pauvreté et misère, j'ai voulu m'en éclaircir moi-même, et depuis quinze jours que je vais de village en village, je n'ai pas disposé d'un moment que je n'aie employé à la sûreté de vos intérêts. Je vous jure que j'ai vu encore pis que tout ce qu'on m'a dit ; et qu'à moins d'avoir la bonté de faciliter vous-même à de misérables débiteurs les moyens de vous payer, vous êtes en danger de tout perdre. Eh ! que voulez-vous que des Huissiers exécutent chez de pauvres gens qui couchent sur un peu de paille, et qui boivent de l'eau d'une cruche éguelée ? Et comment feront-ils pour payer les frais s'ils ont tant de peine à payer le principal ? J'attends qu'ils aient recueilli quelques

---

1. Professeur émérite d'histoire moderne à l'Université de Haute-Bretagne - Rennes II.

grains, vendu quelques agneaux, enfin fait de l'argent de quelque denrée ; et je remarque que moins je leur fais de frais, plus la recette grossit. En un mot, c'est ménager vos intérêts, que de ménager le pauvre peuple. [...]

Edme BOURSAULT,
Lettres nouvelles, t. 2, 1738[1].

---

1. Extrait d'une lettre adressée par Boursault (auteur dramatique : 1638-1701) à M. Lejariel, fermier général, à une époque où Boursault était son commis préposé à la collecte des impôts. Pour toute réponse, Lejariel écrivit « à la marge » de cette lettre les mots suivants : « De l'argent... De l'argent... De l'argent dans le mois... Nous n'aimons pas les commis si pitoyables. » Et Boursault fut révoqué, parce qu'il n'était « pas assez méchant ». Quand il écrira, en 1701, sa comédie *Ésope à la cour*, il se souviendra sans doute de Lejariel en brossant le personnage du financier Griffet.

REGARDS CROISÉS

LESAGE VU PAR SON TEMPS

Avant que de faire jouer son *Turcaret*, [Lesage] avait promis à Madame la Duchesse de Bouillon d'aller lui lire sa pièce ; on comptait que la lecture s'en ferait avant le dîner ; quelques affaires le retinrent, et il arriva tard. La Duchesse de Bouillon le reçut avec un air d'impatience et de hauteur, et lui dit d'un ton aigre, qu'il lui avait fait perdre plus d'une heure à l'attendre. *Eh bien, Madame,* reprit froidement Lesage, *je vais vous faire gagner deux heures ;* après cette courte réponse, il fit sa révérence et sortit. Quelque chose qu'on fît, et quoiqu'on courût après lui sur l'escalier, il ne voulut jamais remonter, n'y dîna pas, et ne lut point sa pièce.

J'aime cette fierté dans un homme de lettres ; il faut avoir de l'élévation d'âme pour en être susceptible et pour la montrer avec tant de fermeté. Si les auteurs étaient moins bas, les protecteurs ne seraient point insolents ; on n'écrase que les bêtes qui rampent.

Charles COLLÉ[1],
Journal et mémoires sur les hommes de lettres,
les ouvrages dramatiques et les événements
les plus mémorables du règne de Louis XV, juin 1750.

----

1. Collé, Charles (1709-1783). Chansonnier, dramaturge, auteur de la célèbre *Partie de chasse d'Henri IV* inscrite au répertoire de la Comédie-Française, Collé est un des fondateurs, avec Piron, Pannard et Gallet, de la Société du Caveau, société bachique qui réunissait aussi bien des écrivains (Crébillon père et fils, Fuzelier, Duclos...) que le peintre Boucher et le musicien Rameau. Son *Journal historique,* couvrant une période allant de septembre 1748 à octobre 1772, constitue une source d'informations précieuse et vivante sur la société littéraire de son temps.

*

[...] Cet écrivain célèbre par *le Diable boiteux*, *le
Bachelier de Salamanque*, *Gil Blas de Santillane*, *Turcaret*, un grand nombre de pièces de théâtre et d'opé-
ras-comiques, par son fils, l'inimitable Montménil,
M. Lesage, était devenu si sourd dans sa vieillesse,
qu'il fallait, pour s'en faire entendre, mettre la
bouche sur son cornet, et crier de toute sa force.
Cependant il allait à la représentation de ses pièces ;
il n'en perdait presque pas un mot ; il disait même
qu'il n'avait jamais mieux jugé ni du jeu ni de ses
pièces que depuis qu'il n'entendait plus les
acteurs ; et je me suis assuré par l'expérience qu'il
disait vrai.

DIDEROT,
*Lettres sur les sourds et muets
à l'usage de ceux qui entendent et qui parlent* (1751)

À PROPOS DE *CRISPIN RIVAL DE SON MAÎTRE*

Autant le public avait paru indisposé contre *Don
César Ursin*, autant il accueillit la petite comédie de
Crispin rival de son maître. Cette justice était due à
cette pièce qui est extrêmement jolie. Il est vrai que
le sujet n'en est pas d'une grande invention, mais
l'enchaînement des scènes, et la vivacité du dialogue entraînent l'esprit des spectateurs. On y
trouve un grand comique, quelquefois un peu bas,
mais beaucoup plus souvent critique et plein de
finesse. Au reste, M. Lesage a conté cent et cent
fois, que les deux pièces qui sont le sujet de cet

article, ayant été représentées ensuite à la cour, elles éprouvèrent un sort totalement différent. On parut assez satisfait de *Don César Ursin*, et la comédie de *Crispin rival* fut regardée comme une farce. Il ne serait pas difficile de concilier ces jugements, qui paraissent si contraires, en observant qu'en général, à la cour, on porte un tout autre esprit qu'à la ville. *Don César Ursin* est bien écrit, l'intrigue soutenue et singulière. C'en était assez pour mériter l'indulgence des auditeurs. *Crispin rival* ne présente qu'un petit événement, et qui ne peut intéresser que par la force du comique, qui règne dans cette pièce du commencement à la fin ; et de-là, cet événement et ce comique parurent déplacés au ton mesuré, qui était alors le dominant. À la ville, le vrai et le sentiment l'emportent sur la politique : ainsi ces deux pièces furent jugées avec équité. Et depuis l'auteur en convenait avec ses amis.

Histoire du Théâtre Français
depuis son origine jusqu'à présent
[par les Frères Parfaict[1]], 1748, t. 14.

*

[Le personnage de Crispin est un] des types les plus fameux de l'ancienne comédie française, bien que Molière ne l'ait pas employé. C'est Scarron qui le premier l'a introduit sur la scène dans *L'Écolier de Salamanque*, comédie en vers jouée sur le théâtre du Marais en 1654. Crispin était un maître fourbe, un de

---

1. Parfaict, François (1698-1753) et Claude (1701-1777). Amateurs de théâtre passionnés et éclairés, les Frères Parfaict ont élaboré avec patience tout au long de leur vie une *Histoire du Théâtre Français* (15 volumes), un *Dictionnaire des Théâtres de Paris* (7 volumes), une *Histoire de l'Opéra* (restée malheureusement à l'état de manuscrit) et des *Mémoires pour servir à l'histoire des spectacles de la Foire* (2 volumes), un ensemble d'ouvrages de référence uniques, qui fait des Frères Parfaict de remarquables historiens du théâtre.

ces valets rusés, sans scrupules, pleins de ressources, âpres au gain, de la race des Scapins, des Mascarilles et des Gros-René. Comme eux il avait son costume spécial, et, chose assez singulière pour un comique et que nous retrouvons cependant dans Scaramouche, ce costume était entièrement noir. Un bon nombre de nos bons auteurs du second ordre ont employé le personnage de Crispin : Regnard dans *Le Légataire universel* [1708] et *Les Folies amoureuses* [1704] ; Dancourt dans *Le Chevalier à la mode* [1687] ; Hauteroche dans *Crispin médecin* [1673] et *Crispin musicien* [1674] ; Champmeslé dans *Les Grisettes* [1671] ; Lesage dans *Crispin rival de son maître* [1707] ; Montfleury dans *Crispin Gentilhomme* [1677], etc.

Une des familles de comédiens célèbres a fourni à la Comédie-Française toute une dynastie de Crispins qui est restée fameuse dans les fastes du théâtre : le père, Raymond Poisson, qui fut, dit-on, l'inventeur et le créateur du rôle ; le fils, Paul Poisson, qui lui succéda ; et le petit-fils, François Poisson, qui continua les traditions de la race. À eux trois, ils jouèrent les Crispins pendant plus d'un siècle (cent trois ans !). De Raymond Poisson un annaliste disait : « Il jouait le personnage de Crispin, qui, dit-on était de son invention : il parlait bref, et, n'ayant pas de gras de jambe, il s'imagina de jouer en bottines ; de là tous les Crispins, ses successeurs, ont bredouillé et se sont bottés. L'auteur qui a fait cette remarque ajoute qu'il s'étonne qu'ils n'aient pas poussé l'extravagance jusqu'à s'agrandir la bouche, parce que Poisson l'avait fort grande. Il était d'ailleurs bien facé et d'une belle taille. »

La gloire que les trois Poisson se sont acquise en jouant les Crispins a inspiré à Samson, l'un des sociétaires de la Comédie- Française, une comédie en vers

Personnage de Crispin
dans son costume traditionnel.

qui a été représentée sur ce théâtre, il y a une quarantaine d'années : *La Famille Poisson ou Les Trois Crispins*.

Arthur POUGIN,
Dictionnaire historique et pittoresque du théâtre
et des arts qui s'y rattachent, 1885.

SUR *TURCARET*

AU XVIIIe SIÈCLE

Lesage aurait pu travailler davantage pour notre Théâtre Français. C'est dommage qu'il n'y ait donné que [*Crispin rival de son maître*] et *Turcaret* ; dans l'une comme dans l'autre [pièce], on voit qu'il entendait le *bon comique*, quoique ses propos soient quelquefois traversés de quelque *bas*, mais non du *plat*. Il semble avoir choisi pour sa mission de décrier les gens d'affaires, comme Molière les médecins. [...]

On n'avait pas représenté [*Turcaret*] depuis 1709, et je ne sais pourquoi on a été si longtemps. Cette pièce a dû plaire dans le temps qu'on la donna. Elle est très bien écrite. Il est vrai que le sujet choque les mœurs. Le rôle du marquis est joli, il y a beaucoup de caractères nouveaux et vrais comme la nature.

Marquis d'ARGENSON[1],
Notices sur les Œuvres de théâtre, (1748-1756),
Oxford, *Voltaire Foundation*, 1966.

---

1. Marquis d'Argenson, René Louis de Voyer de Paulmy (1694-1757). Ministre des Affaires étrangères, il est l'auteur de *Mémoires* constituant un fonds exceptionnel d'informations sur les personnalités de son temps, et a rédigé des *Notices sur les œuvres de théâtre*, sorte de répertoire historique allant de 1726 à 1756, dans lequel il commente, en connaisseur pourvu d'une excellente culture dramatique, les pièces jouées sur toutes les scènes parisiennes.

L'action, s'il y en a une, est bien maigre. [...] Il n'y a ni nœud, ni développement, ni catastrophe ; car ce n'est pas parce qu'il a fait des dettes pour la Baronne que Turcaret est enlevé, mais parce qu'il a cautionné un caissier qui emporte deux cents mille écus. Les scènes, la plupart épisodiques, sont jetées comme au vent, pour s'arranger où elles pourront. Les personnages surviennent presque toujours sans nécessité ; Rafle n'a que faire chez la Baronne ; Madame Jacob ne devait pas s'y remontrer ; le Marquis et la Comtesse assistent par aventure à un souper de rencontre ; et Frontin ne saurait compter sur son mensonge, « que les créanciers l'ont fouillé et lui ont pris les effets », pour espérer de s'en conserver la possession. Il est trop évident que la chose se vérifiera, et qu'on lui fera rendre gorge. Mais les défauts, ou si l'on veut, la nullité de l'action sont bien avantageusement compensés par la vérité, la finesse des détails ; par le bon comique des situations, le naturel des personnages, la naïveté, le sel des plaisanteries ; et par une liberté, une force d'expression, qui déclarent l'homme de génie, lequel a la puissance de son sujet.

« Préface » (anonyme), *Œuvres choisies de Lesage*
Amsterdam, Paris, rue et Hôtel Serpente, 1783.

*

Turcaret est la satire la plus amère à la fois et la plus gaie qu'on ait jamais faite, et c'est une preuve que le meilleur cadre pour la satire est la forme dramatique, non-seulement parce que le dialogue y met plus de variété, mais parce que personne ne peut mieux parler contre le vice que la conscience de l'homme vicieux, et parce que le ridicule n'est jamais plus frappant que lorsqu'il est en action.

J. F. LA HARPE[1],
Lycée ou Cours de littérature ancienne et moderne, 1799.

AU XIXe SIÈCLE

[*Turcaret*] avait déjà fait beaucoup de bruit avant la représentation. L'auteur l'avait lu dans quelques salons et quelques sociétés littéraires. La fièvre de la curiosité était éveillée comme elle l'avait été jadis par *Tartuffe*, comme elle le sera plus tard par le *Figaro* de Beaumarchais. *Turcaret*, dès sa naissance, prenait rang parmi ces œuvres maîtresses qui durent et font époque dans l'histoire d'une littérature et d'une société. La passion qu'excitent de pareilles œuvres est une preuve de leur à-propos, de leur utilité, parfois aussi de leur moralité. Elles répondent à un besoin de la conscience publique.

C. LENIENT[2],
La Comédie en France au XVIIIe siècle, t. 1, 1888.

AU XXe SIÈCLE

La pièce nous concerne encore, et nous intéresse parce que le personnage principal n'en est pas Turcaret, mais l'argent : ni tout à fait comédie de mœurs ni comédie de caractères (malgré la tentation de

---

1. La Harpe, Jean-François de (1739-1803). Dramaturge, critique littéraire et dramatique pour le *Mercure*, La Harpe est surtout connu pour son *Lycée ou Cours de littérature ancienne et moderne* (publié à partir de 1799, 17 volumes).   **2.** Professeur à la Faculté des lettres de Paris.

Lesage), ni comédie d'intrigue, *Turcaret* est une *comédie d'argent*. L'argent y commande les rapports entre tous les personnages ; des nobles aux valets en passant par les bourgeois, il n'y a plus de gens qui s'aiment ou qui rivalisent de puissance : il y a seulement des gens qui donnent, prennent, volent ou cherchent à voler de l'argent. Et ce chassé-croisé imaginé par Lesage a un double mérite : il nous montre que l'argent n'est pas une passion (comme tendent à nous le faire croire les Harpagons, et autres avares de comédie) mais un instrument d'échange, la source du jeu social ; ensuite, il nous le présente comme essentiellement transférable, et la puissance qu'il procure comme transitoire. [...] Et, loin de reprocher à Lesage d'avoir fait ainsi tous ses personnages fripons, réjouissons-nous qu'il ne se soit soucié de faire parler à aucun d'eux le langage de la vertu désintéressée : sa comédie prend ainsi l'aspect d'un constat ; elle nous *montre* des personnages et nous donne à juger. Mieux que les pamphlets qui l'avaient précédée, par sa sécheresse et son refus de moraliser, elle révèle une société à l'état naissant, la société capitaliste. Nous faisant entrer de plain-pied dans le dix-huitième siècle, *Turcaret* marque en littérature le véritable début de nos Temps modernes.

Raphaël NATAF[1],
Lesage, Turcaret
Théâtre National Populaire, janvier 1961.

---

1. Critique dramatique.

Carrière de *Crispin rival de son maître*
à la Comédie-Française

Nombre total de représentations,
745 ainsi réparties :

De 1707 à 1710 : 14	De 1801 à 1810 : 34	De 1901 à 1910 : 0
De 1711 à 1720 : 19	De 1811 à 1820 : 88	De 1911 à 1920 : 0
De 1721 à 1730 : 55	De 1821 à 1830 : 48	De 1921 à 1930 : 0
De 1731 à 1740 : 53	De 1831 à 1840 : 25	De 1931 à 1940 : 0
De 1741 à 1750 : 40	De 1841 à 1850 : 48	De 1941 à 1950 : 0
De 1751 à 1760 : 54	De 1851 à 1860 : 13	De 1951 à 1960 : 41
De 1761 à 1770 : 59	De 1861 à 1870 : 11	De 1961 à 1970 : 22
De 1771 à 1780 : 64	De 1871 à 1880 : 3	De 1971 à 1980 : 0
De 1781 à 1790 : 34	De 1881 à 1890 : 0	De 1981 à 1990 : 0
De 1791 à 1800 : 20	De 1891 à 1900 : 0	De 1991 à 1999 : 0
Au XVIIIᵉ siècle : 412	Au XIXᵉ siècle : 270	Au XXᵉ siècle : 63

Carrière de *Turcaret* à la Comédie-Française

Nombre total de représentations,
522 ainsi réparties :

De 1709 à 1710 : 7	De 1801 à 1810 : 31	De 1901 à 1910 : 0
De 1711 à 1720 : 0	De 1811 à 1820 : 60	De 1911 à 1920 : 13
De 1721 à 1730 : 15	De 1821 à 1830 : 40	De 1921 à 1930 : 9
De 1731 à 1740 : 30	De 1831 à 1840 : 38	De 1931 à 1940 : 1
De 1741 à 1750 : 26	De 1841 à 1850 : 13	De 1941 à 1950 : 0
De 1751 à 1760 : 21	De 1851 à 1860 : 20	De 1951 à 1960 : 0
De 1761 à 1770 : 47	De 1861 à 1870 : 3	De 1961 à 1970 : 0
De 1771 à 1780 : 37	De 1871 à 1880 : 9	De 1971 à 1980 : 0
De 1781 à 1790 : 30	De 1881 à 1890 : 0	De 1981 à 1990 : 57
De 1791 à 1800 : 15	De 1891 à 1900 : 0	De 1991 à 1999 : 0
Au XVIIIᵉ siècle : 228	Au XIXᵉ siècle : 214	Au XXᵉ siècle : 80

A.-R. Lesage (*en bas*) avec, de gauche à droite La Bruyère,
Montesquieu, Massillon, Fénélon, Bossuet, Pascal,
La Rochefoucauld.

CHRONOLOGIE

1668. *8 mai.* — Naissance à Sarzeau en Bretagne d'Alain-René Lesage. Son père, Claude Lesage, exerce les fonctions d'avocat et de notaire royal ; sa mère, Jeanne Brenugat, est la fille d'un procureur. C'est dire que Lesage appartient à une famille de gens de robe.

1677. — Décès de la mère. Lesage n'a que neuf ans.

1682. — Décès du père. Fils unique, Alain-René se retrouve orphelin, la veille de Noël, à l'âge de quatorze ans.

1683-1690. — L'adolescent passe sous la tutelle de son oncle Gabriel Lesage. Il fait ses classes au Collège de Vannes, chez les jésuites.

1690-1693. — Marqué par la tradition familiale, Lesage entreprend des études de droit, à Vannes ou à Paris. La légende veut qu'il ait rencontré à Paris, sur les bancs de l'Université, Antoine Danchet qui deviendra également un dramaturge célèbre ; une amitié durable aurait lié les deux hommes.

1694. — Muni du titre d'avocat, Lesage épouse la fille d'un bourgeois de Paris, Marie-Élisabeth Huyard. Son acte de mariage laisse apparaître qu'il ne possède plus rien à cette époque, son héritage ayant totalement fondu entre les mains de son tuteur. De quoi a vécu Lesage pendant toutes ces années ? On prétend qu'il a travaillé pour des fermiers généraux en Bretagne, mais rien ne vient confirmer cette information.

1695. — Naissance d'un fils, René-André, qui deviendra le célèbre comédien Montmény (sociétaire à la Comédie-Française à partir de 1728, excellant dans les rôles de paysans, de valets et... dans celui du Marquis de *Turcaret*).
Publication des *Lettres galantes d'Aristénète traduites du grec*. Lesage fait son entrée en littérature à l'âge de vingt-sept ans. Sans succès.

1698. — L'abbé de Lionne, homme d'esprit et fils de ministre, se prend de sympathie pour le jeune écrivain qu'il aurait initié aux beautés de la langue et de la littérature espagnoles. L'abbé de Lionne gratifie Lesage d'une pension annuelle de 600 livres jusqu'en 1721, date de la mort de l'ecclésiastique.

1700. — Publication de la traduction de deux comédies espagnoles : *Le Traitre puni* de Francisco de Rojas et *Don Felix de Mendoce* de Lope de Vega (dans un recueil intitulé *Théâtre espagnol*).

1702. — Lesage adapte de l'espagnol *Le Point d'honneur* de Rojas. La pièce est représentée sans succès à la Comédie-Française.

1704. — Publication (jusqu'en 1706) de la traduction des *Nouvelles aventures de l'admirable Don Quichotte de la Manche*, une imitation du roman de Cervantes due à un pseudo Avellaneda.

1707. *15 mars.* — Création à la Comédie-Française de *Don César Ursin*, comédie en 5 actes d'après Calderón, accueillie fraîchement alors que *Crispin rival de son maître*, petite pièce en un acte, fait un triomphe et restera au répertoire.
Les Comédiens-Français refusent *La Tontine*, une autre comédie que leur soumet Lesage.
Publication du *Diable boiteux*, roman inspiré de

l'Espagnol Luis Velez de Guevara : succès de librairie foudroyant et durable ; Lesage acquiert enfin une notoriété littéraire ; on salue en lui un piquant moraliste.

1709. *14 février.* — Création de *Turcaret,* comédie en 5 actes qui, malgré son succès, ne sera représentée que sept fois. La cabale montée par les financiers a triomphé de Lesage, qui se détourne de la scène officielle pour se consacrer aux théâtres marginaux de la Foire.

1710-1712. — *Les Mille et un jours* paraissent sous le nom de Pétis de la Croix (recueil à la manière des *Mille et une nuits* adapté par Lesage).

1713. — Première pièce de Lesage pour les forains, *Arlequin roi de Sérendib.* Puis *Arlequin invisible* et *Arlequin Thétis* (trois pièces par écriteaux)...

1714. — ... « M. Lesage, flatté par le succès des pièces qu'il avait données à ce Théâtre, voulut par reconnaissance quitter tout autre ouvrage, pour se consacrer entièrement à ce spectacle où il a si bien réussi, qu'on conviendra aisément que c'est lui qui a, pour ainsi dire, créé cette nouvelle espèce de Poésie Dramatique, connue sous le nom d'Opéra Comique » (Frères Parfaict, *Mémoires pour servir à l'histoire des spectacles de la Foire,* 1743).

Dans un recueil intitulé *Le Théâtre de la Foire ou l'Opéra Comique* (10 volumes publiés entre 1721 et 1737) Lesage réunira quatre-vingts pièces jouées à la Foire entre 1713 et 1736, la plupart écrites par lui-même ou en collaboration avec ses compères Fuzelier et d'Orneval.

Pièces qu'il donne à la Foire en 1714 : *La Foire de Guibray, Arlequin Mahomet, Le Tombeau de Nostradamus.*

1715. — Pièces jouées à la Foire : *La Ceinture de Vénus, Télémaque, Les Eaux de Merlin, Le Temple du destin, Colombine Arlequin et Arlequin Colombine.*

Lesage publie les livres 1 à 6 de son roman *Histoire de Gil Blas de Santillane*. Succès total. On admire la touche originale de l'auteur, son admirable peinture des mœurs, ses caractères si bien tracés.

1716. — À la Foire en collaboration : *Le Temple de l'Ennui, Le Tableau du Mariage, L'École des Amants, Arlequin Hulla ou La Femme répudiée.*

1717. — Publication par livraisons successives (suites en 1720 et 1721) de *Roland amoureux*, adapté d'une traduction française du roman de Boiardo.

1718. — À la Foire : *Le Château des Lutins, Arlequin Orphée le Cadet, Les Filles ennuyées, Arlequin Valet de Merlin, La Princesse de Carisme.* Et en collaboration : *La Querelle des Théâtres, Le Monde renversé, Les Amours de Nanterre, Les Funérailles de la Foire.*

1720. — À la Foire en collaboration : *L'Isle des Amazones, La Statue merveilleuse.*

1721. — À la Foire en collaboration : *L'Ombre d'Alard, Magotin, Robinson, Arlequin Endymion, La Forêt de Dodone, La Fausse Foire, La Boîte de Pandore, La Tête Noire, Le Rappel de la Foire à la vie, Le Régiment de la Calotte.*

1722. — Idem : *L'Ombre du cocher poète, Pierrot Romulus, Le Rémouleur d'Amour* (ces trois pièces pour les Marionnettes) ; *Le Jeune Vieillard, La Foire des Fées, Les Forces de l'Amour, Le Dieu du Hasard* (Théâtre- Italien de la Foire).

1723. — À la Foire en collaboration : *Arlequin Barbet, pagode et médecin, Les Trois Commères.*

1724. — À la Foire en collaboration : *Les Captifs d'Alger, La Toison d'or, L'Oracle muet, La Pudeur à* la Foire, *La Matrone de Charenton*, *Les Vendanges de la Foire*.

Publication de la suite de l'*Histoire de Gil Blas*... (livres 7 à 9).

1725. — À la Foire en collaboration : *L'Enchanteur Mirliton*, *Le Temple de Mémoire*, *Les Enragés ou La Rage d'Amour*.

1726. — Idem : *Les Pèlerins de La Mecque*, *Les Comédiens corsaires*, *L'Obstacle favorable*, *Les Amours déguisés*.

1727. — Idem : *Les Débris de la Foire*, *Les Noces de Proserpine*.

1728. — Idem : *Achmet et Almanzine*, *La Pénélope moderne*, *Les Amours de Protée*.

1729. — Idem : *La Princesse de la Chine*, *Le Corsaire de Salé*, *Les Spectacles malades*, *La Reine du Barostan*.

1730. — Idem : *L'Opéra Comique assiégé*, *Les Couplets en procès*, *L'Industrie*, *Zémine et Almanzor*, *Les Routes du monde*, *L'Indifférence*, *L'Amour marin*, *L'Espérance*.

1731. — Idem : *Roger, roi de Sicile ou Le Roi sans chagrin*.

1732. — Idem : *Les Désespérés*, *Sophie et Sigismond*, *La Fille sauvage ou La Sauvagesse*.

La Comédie-Française joue enfin *La Tontine*. Sans succès.

Publication de deux romans : *Les Aventures de M. Robert Chevalier, dit de Beauchêne* (inspiré de l'histoire vraie d'un flibustier) et *Histoire de Guzman d'Alfarache*, imité de l'espagnol.

1734. — Pièces jouées à la Foire : *La Première représentation*, *Les Mariages du Canada*, *Le Rival dangereux*, *Les Deux Frères*.

Publication des deux premières parties de *L'Histoire d'Estevanille Gonzalez surnommé le garçon de bonne humeur*, autre imitation de l'espagnol.

1735. — Publication des livres 10 à 12 de *Gil Blas* et d'un dialogue intitulé *Une journée des Parques*, plein de sel et de philosophie.

On prétend que la comédie *Les Amants jaloux*, donnée au Théâtre-Italien, lui revient (Lesage ne l'a pourtant pas insérée dans le recueil de ses pièces).

1736. — Pièces jouées à la Foire : *Le Mari préféré* ; en collaboration : *L'Histoire de l'Opéra-Comique ou Les Métamorphoses de la Foire*.

Publication des trois premiers livres du roman *Le Bachelier de Salamanque*, moins goûté du public.

1738. — Pièces jouées à la Foire : *La Basoche du Parnasse*, *Le Neveu supposé*.

Publication des livres 4, 5 et 6 du *Bachelier de Salamanque*.

1740. — Publication du dernier roman de Lesage, sous l'anonymat : *La Valise trouvée*, esquisse d'un roman de caractère par lettres.

1743. — Publication de *Mélange amusant de saillies d'esprit et de traits historiques des plus frappants*, un recueil d'anecdotes.

Décès du fils aîné de Lesage, Montmény ; l'écrivain, profondément affecté, quitte Paris avec sa femme et sa fille, pour se retirer à Boulogne-sur-Mer, chez son second fils, chanoine. (Un troisième fils, également comédien, jouait dans les campagnes sous le nom de Pittenec.)

1747. *17 novembre*. — Mort de Lesage à l'âge très avancé pour l'époque de quatre-vingts ans.

1822. — *Éloge de Lesage*, mis au concours par l'Académie française. À noter que Lesage, indifférent aux honneurs comme à la fortune, ne brigua jamais une place parmi les Quarante. Et comme ce désintérêt (manque d'ambition !) n'a pas toujours été compris, on a prétendu que la surdité de l'auteur (équipé d'un cornet acoustique) en était la cause...

1995. — Premier colloque international consacré à Lesage : « Lesage, écrivain (1695-1735) », organisé à Sarzeau, sa ville natale, à l'occasion du tricentenaire de son entrée en littérature.

1999. *1er mai.* — Journée Alain-René Lesage à Sarzeau. Annonce de la création de l'Association des Lecteurs d'Alain-René Lesage.

BIBLIOGRAPHIE SÉLECTIVE[1]

Éditions de Crispin rival de son maître *consultées*

Crispin rival de son maître, Paris, Pierre Ribou, 1707.

Crispin rival de son maître, dans *Recueil des pièces mises au Théâtre Français par M. Lesage*, Paris, Jacques Barois Fils, 1739.

Crispin rival de son maître, dans *Œuvres choisies de M. Lesage (avec figures)*, Amsterdam et Paris, rue et Hôtel Serpente, 1783 (t. 11).

Crispin rival de son maître, edited [...] by T.E. Lawrenson, Londres, University of London Press Ltd, 1961.

Crispin rival de son maître dans *Théâtre du XVIIIe siècle*, édition de Jacques Truchet, Paris, Gallimard, « Bibliothèque de la Pléiade », 1972, t. 1.

---

1. Pour un récapitulatif exhaustif, nous renvoyons le lecteur à l'*Essai bibliographique sur les œuvres d'Alain-René Lesage* d'Henri Cordier (1910), Genève, Slatkine reprints, 1970. Pour les publications de ces dernières années, on pourra consulter « L'état présent des études sur Lesage (1970-1994) » et la « Bibliographie », établis par Olivier Margerit dans le recueil *Lesage, écrivain (1695-1735)*.

Éditions de Turcaret *consultées*

Turcaret, Paris, Pierre Ribou, 1709.

Turcaret, Paris, Veuve de Pierre Ribou, 1735.

Turcaret, dans *Recueil des pièces mises au Théâtre Français par M. Lesage*, Paris, Jacques Barois Fils, 1739.

Turcaret, dans *Œuvres choisies de M. Lesage (avec figures)*, Amsterdam et Paris, rue et Hôtel Serpente, 1783 (t. 11).

Turcaret, nouvelle édition conforme à la représentation, Paris, Prault, 1786.

Turcaret (avec cinq dessins de Valton), Paris, Maison Quantin, (s.d.).

Turcaret, edited [...] by T.E. Lawrenson, Londres, University of London Press Ltd, 1969.

Turcaret, édition par Bernard Blanc, Paris, Librairie Larousse, 1970.

Turcaret, dans *Théâtre du XVIIIe siècle*, édition de Jacques Truchet, Paris, Gallimard, « Bibliothèque de la Pléiade », 1972, t. 1.

Turcaret, édition par Philippe Hourcade, Paris, Garnier Flammarion, 1998.

Pour le lecteur curieux *de découvrir le répertoire de Lesage à la Foire*

Le Théâtre de la Foire ou l'Opéra-Comique, contenant les meilleures pièces qui ont été représentées aux Foires de S. Germain et de S. Laurent, par Mrs Lesage et d'Orneval, Paris, Amsterdam, 1721-1737, 10 vol.

Le Théâtre de la Foire au XVIIIe siècle, textes réunis et
préfacés par D. Lurcel, Paris, Union Générale
d'Éditions, 10/18, 1983.

*Ouvrages de référence
et études sur Lesage et son œuvre*

AUDIFFRET, J.J.-B., *Notice sur la vie et les ouvrages de
Lesage*, Paris, A. A. Renouard, 1821.

BARBERET, A. V., *Lesage et le Théâtre de la Foire*,
Nancy, Paul Sordoillet, 1887.

CLARETIE, L., *Lesage romancier d'après de nouveaux
documents*, Paris, Armand Colin et Cie, « Le roman
en France au début du XVIIIe siècle », 1890.

LINTILHAC, E., *Lesage*, Paris, Librairie Hachette et
cie, « Les grands écrivains français », 1893.

LAPLANE, G., « Lesage et l'abbé de Lionne », *Revue
d'Histoire Littéraire de la France*, mai-août 1968,
68e année, n^{os}3-4, p. 588-604.

LAUFER, R., *Lesage ou le métier de romancier*, Paris,
Gallimard, « Bibliothèque des idées », 1971.

CHEVALLEY, S., « Lesage [né à] Sarzeau », *Comédie-
Française*, 17 mars 1973, p. 19-20.

GREWE, A., *Monde renversé. Théâtre renversé. Lesage
und das Théâtre de la Foire*, Bonn, Romanistischer
Verlag, « Abhandlungen zur Sprache und Litera-
tur », 1989.

Lesage, écrivain (1695-1735), (*Actes du colloque international de Sarzeau*, mai 1995) sous la direction de
J. Wagner, Amsterdam, Rodopi, « Faux titre »,
1997.

Sur Crispin rival de son maître

EVANS, G., *Lesage, « Crispin rival de son maître » and « Turcaret »*, Londres, Grant and Cutler, « Critical guides to French texts », 1987.

Sur Turcaret

BRUNETIERE, F., « Autour de *Turcaret* », *8ᵉ conférence de l'Odéon : Les Époques du Théâtre Français* Paris, 1892.

CUCHE, F. X., « La Formule dramatique de Turcaret ou le rythme du jeu », *Travaux de Linguistique et de Littérature*, X, 2, (1972), p. 57-59.

DUNKLEY, J., « Turcaret and the techniques of satire », *British Journal of Eighteenth Century Studies*, n° 2, 1979, p. 107-122.

PARISH, R., « Marine chassée. A reconsideration of the dramatic structure of Lesage's *Turcaret* », *En marge du classicisme. Essays on the French Theatre from the Renaissance to the Enlightment*, Liverpool, Liverpool University Press, 1987.

LEROY-LADURIE, E., « Les Financiers », *Comédie-Française*, n° 155, 15 janvier 1987, p. 6-7.

REISH, J. G., « Lesage's dramatization of a social cycle. The ups and downs of the likes of Turcaret », *Theater and society in French literature*, The University of South Carolina, « French literature series », 1988.

Sur le théâtre, et sur le théâtre au XVIIIᵉ siècle

LENIENT, C., *La Comédie en France au XVIIIᵉ siècle*, Paris, Hachette, 1888.

DUBECH, L., *Histoire générale illustrée du théâtre*, Paris, Librairie de France, 1933, t. 4.

VOLTZ, P., *La Comédie*, Paris, Librairie Armand Colin, « collection U », 1964.

TZONEV, S., *Le Financier dans la comédie française sous l'Ancien Régime*, Paris, A. G. Nizet, 1977.

ROUGEMONT, M. DE, *La Vie théâtrale en France au XVIIIᵉ siècle*, Paris / Genève, Champion-Slatkine, 1988.

CONESA, G., *La Comédie à l'Âge Classique (1630-1715)*, Paris, Seuil, « Écrivains de toujours », 1995.

L'Esthétique de la comédie, numéro spécial (*Actes du congrès de Reims*, septembre 1995) édité par Gabriel Conesa, *Littératures classiques*, Paris, Klincksieck, 1996, n° 27.

Actes du colloque international « Les Théâtres de la Foire (1678-1762) » édités par Françoise Rubellin (Nantes, 1999), à paraître[1].

Sur l'époque

DESSERT, D., *Argent, pouvoir et société du Grand Siècle*, Paris, Fayard, 1984.

---

1. Un site internet est consacré à l'histoire des Théâtres de la Foire, aux recherches et aux événements (spectacles, colloques, etc.) qui y sont liés : http://foires.net

DURAND, Y., *Les Fermiers généraux au XVIIIe siècle*, édition mise à jour, Paris, Maisonneuve et Larose, 1996.

Dictionnaire de l'Ancien Régime sous la direction de L. Bély, PUF, 1996.

LEBRUN, F., *La Puissance et la guerre, 1601-1715, Nouvelle Histoire de la France moderne* (t. 4), Paris, Seuil, « Points Histoire », 1997.

Sur les valets et la relation maîtres et valets

LECLERC, L., *Les Valets au théâtre* (de l'Antiquité au répertoire contemporain, 1re éd. 1875), Genève, Slatkine reprints, 1970.

RIBARIC-DEMERS, M., « Les Valets et les suivantes de Lesage », *Le Valet et la soubrette de Molière à la Révolution*, Paris, Nizet, 1970.

EMELINA, J., *Les Valets et les servantes dans le théâtre comique en France de 1610 à 1700*, Grenoble, Presses Universitaires de Grenoble, 1975.

DESSERT, D., « Le "Laquais-financier" au Grand Siècle : mythe ou réalité ? » dans le numéro spécial de *XVIIe siècle*, « La Mobilité sociale au XVIIe siècle », janvier-mars 1979, 31e année, n° 1, p. 21-36.

MORAUD, Y., *La Conquête de la liberté de Scapin à Figaro, valets, servantes et soubrettes de Molière à Beaumarchais*, Paris, PUF, 1981.

GOUVERNET, G., *Le Type du valet chez Molière et ses successeurs : Regnard, Dufresny, Dancourt et Lesage. Caractères et évolutions*, New York, Bern, Frankfurt am Main, Peter Lang, 1985.

ROBINSON, P., « Remarques sur les valets de comédie et la Foire », *Revue d'Histoire Littéraire de la France*, septembre-octobre 1996, 96e année, n° 5, p. 934-942.

Le Triomphe du valet de comédie, études recueillies par D. Mortier, Paris, Champion, « Collection Unichamp », 1998.

Le Valet passé maître. Arlequin et Figaro, sous la direction d'E. Rallo, Paris, Ellipse, 1998.

ROBERT, R., *Premières Leçons sur Maîtres et valets dans la comédie du XVIIIe siècle*, PUF, « Major », 1999.

AMMIRATI, Ch., *Maîtres et valets dans la comédie du XVIIIe siècle*, PUF, « Major », 1999.

Pour la curiosité

Éloge de Lesage (anonyme), *Discours qui a obtenu la première mention honorable au jugement de l'Académie française le 15 août 1822*, Paris, C. J. Trouvé, 1822.

Pour élargir le contexte littéraire

LA BRUYÈRE, *Les Caractères ou Les Mœurs de ce siècle* (1696).

BALZAC, H. DE, *Grandeur et décadence de César Birotteau* (1837).

BECQUE, H., *Les Corbeaux* (1882).

MIRBEAU, O., *Les Affaires sont les affaires* (1903).

TABLE DES ILLUSTRATIONS

Table

Composition réalisée par JOUVE

Imprimé en France sur Presse Offset par

BRODARD & TAUPIN

GROUPE CPI

La Flèche (Sarthe).
N° d'imprimeur : 4429 – Dépôt légal Édit. 6953-10/2000
E GÉNÉRALE FRANÇAISE - 43, quai de Grenelle - 75015 Paris.

2 53 - 18000 - 9   31/8000/7